Just Because!

鴨志田一

Just Because!

鴨志田一

輕文學

Light Literature

Chapter 1

On your marks!

1

自動鉛筆的筆尖，在筆記本描繪出令人心曠神怡的旋律，逐漸點綴上英文單字，行雲流水地畫上曲線，輕快靈巧地牽出直線。

美緒曾經很喜歡這種流暢地解開問題，大腦清晰無比的感覺。

於第二學期結業典禮結束的放學後——

在班上同學都已返家的教室裡，沒有任何朋友前來與美緒搭話。經過一段時間，就連其他學生行經走廊的聲響也消失了。

在一片寂靜中，只剩下書寫文字的聲響，以及為教室帶來溫暖的空調聲。

美緒為了解開下個問題，伸手將參考書翻頁，就在這一瞬間，一陣金屬打擊聲，鑽進她專注解題的意識裡……

那是球棒擊球的聲響。但是這股聲響，不像炒熱甲子園的氣氛那般痛快，單純只是球棒碰到球，並未扎實擊中。

美緒扭頭望向窗外，從三樓的教室，能清楚看見十二月的淡藍色天空，以及下方的柏尾川高中操場。

換作是以往的放學後，這片空間是由棒球社與足球社各使用一半，今天卻只有三道孤單的人影。

那三位穿著制服的男生，都是已經退出棒球社的三年級學生。美緒之所以能認出他們，單純是因為那三人都是她的同班同學。

美緒斜眼注視著其中一名學生。那位留著一頭短髮、身材高挑的男學生，站在打擊區內，對著位於投手丘上、身材較矮的投手大聲嚷嚷。

美緒放在桌面上的一隻手，下意識地摸向一顆橡皮擦。她以食指與中指捏住它，像在確認其觸感般，滾動著那塊橡皮擦。

這塊四角形的橡皮擦，儘管外形稜稜角角難以滾動，仍在美緒的手中轉了兩、三圈。而她之所以停手，是聽見有人走進教室裡。

美緒迅速放開手中的橡皮擦。

「美緒，妳還待在教室裡呀。」

走進教室裡的學生，是與美緒交情要好的早苗。記得她是被班導找去談話，直到現在才返回教室。

「因為距離補習班上課還有一段時間，想說來寫寫這本參考書。」

看著長髮飄逸、來到前方座位的早苗，美緒向她展示英文參考書的封面。

「由子與桃桃呢？」

一臉會意過來的早苗，詢問起先行離開的朋友們的去向。在班上，真由子、桃花、早苗與美緒經常四人一起行動。

「她們去唱卡拉ＯＫ了。」

「真好～早知道我的志願也填寫專門學校，就可以一起去玩了。」

發出嘆息的早苗，神情顯得特別疲倦。看在美緒眼裡，莫名覺得平日生性直爽的早苗，挺適合這樣的表情。在同班同學之中，她的外貌看起來較為成熟。

「老師找妳去聊什麼呢？」

「老師要我趕緊認清現實，而且模擬考的結果也很差……唉～虧我還以為高中會過得更多采多姿，再這樣下去只會參加大學招考，然後一路迎向畢業。」

早苗靠在窗邊，扭頭眺望戶外。

「相馬他們今天也在打棒球啊。」

「他們說，直到擊出全壘打才肯結束。」

美緒的目光落向參考書，以漫不在乎的口吻回答，但是當她刻意裝作不在乎時，反而能明顯看出，美緒很在意早苗說出的那個名字。

「咦？現在嗎？」

「很莫名其妙對吧，那些男生。」

此時，美緒再次下意識地以指尖摸著橡皮擦。

「算了，這種事怎樣都行。啊、我差不多該去補習班了，美緒妳呢？」

「嗯～我想先寫到一個段落。」

「是嗎？那就晚點見囉。」

早苗輕輕揮了揮手，將書包扛在肩上。美緒也從座位上起身。

「嗯？」

面對早苗困惑的眼神，美緒簡短地回了一句「我想先補充糖分」。

在校舍出入口與早苗分手後，略顯陰暗的鞋櫃前，只剩下美緒一人。位於中央大樓與北側大樓內側的此處，基於校舍構造上的影響，陽光不太容易照進來，大部分時間都有些昏暗。位於牆邊、努力照亮商品的自動販賣機，顯得特別有存在感。

美緒將存下的零錢逐一塞入投幣口。

零錢包變輕後，美緒按下草莓牛奶的按鈕。

在念書時，身體總會渴望能夠攝取甜食。

美緒從取物口中拿出一個鋁箔包，將背部靠在支撐校舍出入口天花板的巨大柱子上。唇瓣含住插好的吸管，一道落入身體正中央的冰冷感，喚醒了過於習慣暖氣房裡的溫暖、鬆懈下來的所有細胞。遲來的甘甜香氣，撫慰著因考前溫書而備感疲憊的身心。

正當美緒享受著片刻的幸福時光，先前尚在調音的小號，開始演奏起耳熟能詳的樂曲。聽著遠處響起的音色，明明音樂室位於與中央大樓是以Z字型通道相連的南側大樓一樓深處，卻讓人覺得這股旋律來自於更高的樓層。

分段練習是各樂器分組進行，想來是基於這個原因，小號聲才並非來自音樂室。

「她還有參加社團活動呀……」

同班同學的「她」，今天也帶著裝有小號的提箱來到學校。於旁人的眼中，她是個十分文靜、在班上不太引人注目的女孩子。

此人名為森川葉月。

但是，美緒從來不覺得她是個不引人注目的學生。

因為「那個男生」總是特別在意這位女學生。事實上，在分到同個班級的那天，美緒就已經注意到此事了。

無論是在上課期間漫不經心地瞥了一眼，或是在走廊上擦肩而過，以及其他人呼喚森川葉月的名字時，相馬陽斗的目光都會短暫停留在她的身上。美緒多次以局外人的立場，目睹陽斗那張不同於以往的側臉。

這段自國中起的單相思，美緒也認為自己糾結太久，不過就算有自知之明，依然不能做出了斷，也無法更積極面對，就這樣持續至此時此刻。

她認為這樣的自己很沒用，此時附近傳來一陣快門聲。

「!?」

美緒反射性地望向聲音來源處，發現在九十度側面，站著一名舉起相機的女學生。美緒認識她，她是比自己小一歲的二年級學生，隸屬於攝影社的小宮惠那。

「妳再這樣擅自亂拍照片，我會上法院控告妳喔。」

「會長妳總是喝草莓牛奶耶。」

惠那透過相機的液晶螢幕，正在確認自己拍下的照片。當她低下頭去，長度及肩且略捲的頭髮，輕撫過她的臉頰。惠那染了一頭比美緒更亮眼的髮色，儘管美緒對於那種髮色挺感興趣，卻沒有勇氣付諸實行。雖然並非基於這個原因，總之美緒莫名不擅長面對惠那。

「我已經不是學生會長了。」

惠那經常像現在這樣找美緒攀談，是始於美緒擔任學生會長的去年夏天。至於契機，是惠那親自前去上訴提升攝影社經費一事。

「妳先聽我說嘛，會長。」

「就跟妳說過……」

從此以後，即使學生會長任期已過，惠那仍稱呼美緒為「會長」。明明現在早就由新一屆的學生會長繼任了。

「渡邊老師說要廢除攝影社啦～還說他身為顧問，應該要把社團教室讓給人數較多的社團喔～」

「學生會去年也討論過這件事，不過最後並沒有廢社，而是與廣播社合併吧？」

「老師說如果我們能在比賽中獲獎，是可以再考慮看看。」

惠那隨即舉起相機，將鏡頭對準美緒便按下快門。

「就叫妳別擅自……」

包含剛才在內，由於太過突然，美緒認為自己一定被拍得很醜。倘若可以的話，她希望惠那能將照片刪除，偏偏情況與美緒所想的恰恰相反，惠那再次換了個話題。

「啊、對了，今天來了個轉學生。」

「咦？妳為何突然提起此事？」

惠那這個人當真是隨時都會轉換話題，表情也千變萬化，完全依照自己的想法與心情率性而為，這部分也是令美緒不擅長面對她的理由之一。因為對於美緒而言，實在是學不來這種事情，不管她想做什麼，都會先顧及周遭的目光。美緒認為這種想法才符合一般人，反倒是惠那屬於異類。

「是個穿著立領學生服……一臉沒睡飽的男學生，會長有見過他嗎？」

「大概是那個人剛搬來，所以很疲倦吧。」

美緒隨口回了一句後，握在手中的手機發出簡短的震動，令她瞥了一眼自己的手機。注意到此事的惠那，便揮著手說了一句「那先拜拜囉，會長」，往社團教室所在的方向走去。

「啊、嗯……」

在看不見惠那的背影後，美緒這才開啟手機確認。是真由子與桃花，在ＬＩＮＥ的群組裡傳來訊息。

跑去唱卡拉OK的兩人，將她們開心握住麥克風的自拍照發送至群組裡，桃花還附上「等大學招考結束後，大家再一起出去玩吧～」的訊息。在班上最引人注目的這兩人很擅長自拍，照片裡的她們看起來既開心又可愛。

美緒輸入「就這麼說定囉！」這句簡短的訊息，按下發送鍵後，脫口說出心裡話。

「我也很想馬上跟大家一起出去玩呀。」

美緒將喝光的草莓牛奶鋁箔包投向垃圾桶。鋁箔包稍稍劃出一道拋物線，準確地落在裝滿垃圾的垃圾桶最上層，可是因為這些許的衝擊，導致成堆的空鋁箔包，從垃圾桶裡掉了幾個出來。

美緒原先想裝作沒看見，到頭來還是一步都沒有跨出去，邊發出一聲嘆息邊將散落的鋁箔包撿起來。

「剛才有提到轉學生吧……都已經這個時期了？」

美緒冷不防回想起惠那說過的話。

穿著立領學生服……一臉沒睡飽的男學生。

今天是第二學期的最後一天，自明天起開始放寒假，感覺上應該不可能是三年級學生，真沒想到會有人在這種時候轉學進來。

「簡直就跟泉沒兩樣。」

美緒脫口說出的這個名字，是她國中時剛好也在這個時期決定轉學離開的同班同學。許久沒呼喚過這個名字，令美緒莫名懷念，並且在心底稍稍掀起一陣漣漪。

2

在走廊上，瑛太與兩位女學生錯身而過之際，被人露骨地瞄了一眼。正在討論與攝影社合併一事的兩人，聊到一半便停了下來，現場陷入尷尬的沉默。

駝背的瑛太稍稍挺直腰桿，藉此強調掛在自己身上的入校許可證。

瑛太並沒有做錯任何事，今天單純是跟著父親，一起來到自己只會就讀第三學期的柏尾川高中，與校方人員打聲招呼。

在聽完副校長的基本說明後，瑛太與準備回公司的父親道別，獨自一人參觀校園。至於他之所以會這麼做，純粹是因為副校長對他說了一句「你可以自由參觀校園」。

「他是轉學生嗎？」

「我哪知道。」

從背後傳來討論著自己的竊竊私語。於是，瑛太腳底抹油似地快步登上階梯，同時逐一解開立領制服外套的釦子。

在男女制服都是西裝外套的這間高中裡，穿著立領制服的學生與外星人無異。

瑛太連同無地自容的尷尬，一起將立領制服外套脫下來。身上只剩下一件白襯衫，老實說是有點冷，但是相較於每次與人擦肩而過時，都被人暗中觀察，這樣反而自在多了。

登上三樓，瑛太來到與一樓很相似的走廊上。

無論是白色卻略顯暗淡的磁磚、以固定間距吊掛在天花板上的螢光燈、教室的拉門、畫有塗鴉的書桌、缺了一角的椅子，以及被粉筆上了妝的黑板。

這幅似曾相識的光景，與瑛太在福岡就讀的高中大同小異，但是他的心情卻截然不同，一股潛入陌生校園的詭異感受，如影隨形地糾纏在心底。

瑛太抱著些許的冒險心態，打開三年一班教室的拉門，走入其中。與瑛太是相同學年的這個班級，目前空無一人，窗邊座位的書桌上擺有打開的筆記本、大學招考的參考書、自動鉛筆與橡皮擦。

還有人留在教室裡念書。

根據副校長的說明，柏尾川高中有大約一半的學生是打算升大學，而且他還笑容滿面地介紹，其中有一成左右是報考所謂的明星大學，每年都有為數不少的學生順利上榜。

說起這所高中的學力偏差值，差不多是中上程度，縱使不是徹底講求升學的學校，仍營造出有心念書的學生們，會相互勉勵的求學環境，算是一所文武並重的高中。

放在桌上的英文參考書，內容是專門用來應對明星大學的獨立招考。

瑛太決定趕在持有者回來之前，先一步離開教室，畢竟沒必要與對方撞個正著，進而換來異樣的眼光。

對瑛太來說，他在這間學校只求能畢業就好，就讀期間也僅有第三學期，等到了二月，三年級學生就會基於大學招考的關係，變成可以自由到校。以實質時間來計算，瑛太在放完寒假來上學的日子，大約只有一個月左右，因此他也不考慮訂作新制服。

平穩地度過每一天，一帆風順地迎向畢業。

以上就是瑛太在柏尾川高中的目標。由於他已通過推甄考上大學，因此在這裡的嶄新生活，從四月再開始就好。

這麼一來，校內已經參觀完畢。

當瑛太打算返家而步下階梯時，遠處傳來一陣金屬撞擊的尖銳聲響。其實先前就不時聽見這股聲音。瑛太就讀國中前都有打棒球，所以自然知道那是金屬球棒擊中球的聲響。

這股打擊聲，也令瑛太想起了昔日的朋友。

當年，瑛太坦白自己要搬家至福岡時，這位舊友便對他說「既然如此，我們就在甲子園重逢吧」。此人的名字叫做相馬陽斗，瑛太都直呼他為「陽斗」。

起先在搬家後的一段時間，兩人有透過ＬＩＮＥ互相聯絡，但是次數隨著時間逐漸減少，經過半年左右，便徹底中斷聯絡了。

起初，瑛太認為隨時都能再聯絡上陽斗，在剛放暑假時，有一週沒有交流過，然後就這麼過了兩週，在經過一個月時，瑛太變得就連發送貼圖開玩笑都心生猶豫。

一顧及陽斗的心情，瑛太就不知該發送怎樣的訊息才恰當，所以他重新回到這裡一事，到頭來也並未告知陽斗。如今，瑛太已不再發送訊息給陽斗。雙方早在三年半之前，就已經停止聯絡了。

——話說陽斗升上高中後，還有在打棒球嗎？

「不管怎麼說，他現在應該已經退社了。」

既然彼此年紀相同，陽斗也是高三生，早在夏天就已經退社了才對。

抱持以上想法的瑛太，下意識地邁步走向操場。

「唉～真懶得去補習～」

「已經很晚了。」

「快走吧，陸生。」

瑛太來到校舍外時，有兩名男學生從通往操場的階梯跑上來。一位是身高與瑛太相仿、接近一百七十公分、頭髮染成布丁色的男學生，另一位是身高一百八十公分以上、戴了一副眼鏡的大塊頭。在短短一瞬間，兩人瞥了瑛太一眼，不過他們彷彿在賽跑般，很快從他身邊衝了過去。

「你這小子也跑太快了吧～！」

較矮的男學生，拚命追趕在被稱為陸生的高大男生身後，只是兩人卻越離越遠。

瑛太猶如與開心返家的兩人互相交換般，走下階梯踏進操場。

位於鎌倉市西側的此城鎮，以32號省道為界，南北兩方有矮丘與小山圍繞。在離開省道後，斜坡無論如何都會增多。

此學校位在平緩的斜坡上，中庭設置在低於校舍一層樓的地方。

也不知體育社團今天是全面休息，還是剛好都在其他地方進行練習賽，總之操場上，只有一名脫下西裝外套、穿著制服的男學生。

在寒冬的天空下，一個人隻身站在遼闊的空間裡，看起來莫名醒目。

男學生將球輕輕拋起，緊接著使出全力揮棒，獨自一人進行擊球揮棒練習。

滿身是汗的他，渾身冒著熱氣。唯獨身上散發出來的熱氣達到全壘打等級，此人擊出的球卻飛得不夠遠，落在沿著一壘跑壘線前進的瑛太附近，然後滾到停下步伐的瑛太腳邊。

由於距離近到無法視若無睹，因此瑛太無奈地撿起那顆老舊的球。

「啊，不好意思。」

男學生像是運動健將似地跑過來，語調開朗地如此說著。他留了一頭側面頭髮全剃短的清爽髮型，身材十分高挑，瑛太抬頭注視他的雙眼。

男學生也正眼看向瑛太。

「……」

「……」

兩人都不發一語，只是一直眨著眼睛。男學生肩膀上扛著球棒的模樣令瑛太覺得眼熟。身體率先有所反應，一股坐立難安的感覺，如同藤蔓般遍布全身，導致瑛太無法動彈。大腦慢了一拍才理解狀況。那張令人懷念的面孔，熟悉的臉龐，但是正因為如此，瑛太不自覺地張開嘴巴，卻未能出聲呼喚對方的名字。

率先喊出名字的人，反倒是眼前的男學生。

「瑛太？」

耳熟的呼喚，不過這也是理所當然，畢竟那是自己的名字，只是這理所當然的感覺，源自於眼前之人，曾多次這麼呼喚過自己。不是名字令人懷念，而是對方的嗓音和語調。

「陽斗……？」

沒來由覺得有所把握的瑛太，也開口回應。這是許久未呼喚的名字，也是昔日朋友的姓名。出現在心中的情感，不光只有最純粹的喜悅。老實說，率先湧上心頭的反倒是困惑。但是莫可奈何，畢竟任誰都沒料想到，兩人竟會在這裡重逢。瑛太根本沒有做好心理準備，是一場徹頭徹尾的不期而遇。

「好久不見啊。」

「……算是吧。」

瑛太尋找著適合的詞句，同時玩弄著手中的球，當然球上並未寫有任何答案……

「你搬走已有三年了吧？」

「應該是四年了。」

在ＬＩＮＥ裡中斷聯絡，則是過了三年半。

「四年啦……」

「沒錯，是四年。」

每一次的回答，都讓瑛太有種雙腳懸空的感覺。兩人此刻僅僅相距兩公尺，卻不知該如何拿捏彼此之間的距離感。

就讀國中時，雙方又是以何種語氣交談呢？

「原來你已經搬回來啦？」

「是能這麼說。」

當年是以怎樣的語調，是以怎樣的情緒，一起在那邊談天說地呢？

「這是哪門子的回答啊。」

「我已經搬回來了。」

瑛太語氣生硬地回答，同時拚命地思索著昔日的一切。

「那麼，麻煩你來當投手。」

「啥？為什麼……？」

瑛太反射性地提問。

陽斗已經轉過身去，邁步走向打擊區。

「我們之前經常這麼練習啊，快開始吧。」

「……之前是吧。」

瑛太不再過問，站上了投手丘，然後從用具籃子裡，挑出一個尺寸還算適合的棒球手套，直接套在手上。一股許久不曾體會過的觸感包覆著左手，但是就算瑛太做好準備，也不代表他願意投球。

「你不必跟我客氣喔。」

擺出打擊姿勢的陽斗，以熟絡的口氣對著投手丘如此大喊。

「我並沒有在跟你客氣。」

站上闊別許久的投手丘，瑛太只覺得距離打擊區十分遙遠，中間相隔大約十八公尺。就算他想回應，也忘了吶喊的發聲方式。他一直過著與社團活動無緣的生活，從來不需要在這種距離下與人交談。

「啥？你說什麼？」

因此，陽斗出聲反問。

「沒事。」

瑛太記取剛才的教訓，扯開嗓門大喊。

「那就拜託你啦。」

陽斗以手勢表示可以投球了。

事到如今已騎虎難下。

瑛太就在還來不及平復心情的狀態下，振臂一投。儘管對於控球仍有不安，卻有準確投入好球帶。

面對這一球，陽斗以略微往上挑的姿勢全力揮棒。

不過耳邊只傳來物體呼嘯而過的聲響，唯獨揮棒的魄力過人一等。

「球速也太慢了吧。」

陽斗一臉苦笑地朝著投手丘喊叫。

「我已經好久沒投球了，當然只有這點程度。」

「你沒有繼續打棒球啊？」

面對如此直率的問題，正伸手從籃子裡拿球的瑛太，動作稍微頓了一下。

「只有心臟夠強的人，才能夠在國二的第三學期轉學後，於新學校加入社團。」

事到如今，瑛太才感受到手中的球異常冰冷。

「升上高中後呢？」

「既然已有空窗期，也就不太容易再加入吧。」

「是這樣嗎？」

陽斗不感興趣地說著。

「就是這樣。」

為了斬斷心中的愧疚感，瑛太投出第二球。

陽斗這次也全力揮棒。

金屬球棒擊中球，在高高飛起後，落在右外野手的防守位置上。是一記右外野高飛球。

「糟糕，繭磨破了。」

瑛太拿起下一顆球時，陽斗正盯著自己的手掌。明明正值冬天，陽斗仍用手擦拭從額頭滴下的汗水，看來他應該揮棒很長一段時間了。

「現在是什麼情況？」

終於找到機會提問，瑛太對著打擊區喊出這句話。

「你這句話是什麼意思？」

陽斗抬起頭來，一臉不解地反問。由於雙方相隔一段距離，導致對話的步調很慢。

「一般來說，高三生都會在暑假退出社團吧。」

兩人的回答速度，莫名慢了半拍。不過與闊別四年的朋友聊天，瑛太倒是覺得這種悠閒的方式剛剛好。

「我不是在進行社團練習，真要說來，類似一種祈願吧？」

「這不算是回答喔。」

「抱歉，稍微休息一下。」

陽斗走向設置在一壘附近的長椅上。因為繼續站在投手丘上也無濟於事，於是瑛太便以相隔兩個人的距離，與陽斗坐在同一張長椅上。

瑛太斜眼觀察著因繭磨破而低下頭檢查的陽斗。陽斗原本就長很高，經過四年的成長，雙方的身高似乎相差更大了。

「……」

找不到適合的言詞，瑛太為了驅散寒意，前後搖晃著身體。就在此時，彷彿要蓋過這陣沉默般，從校舍傳來管弦樂社的演奏聲。這首樂曲在高中棒球賽中，經常被用來聲援打者。

「聽到這首曲子，就讓我想起夏季大賽。」

陽斗狀似在取笑自己，神情苦澀地低語著。

「南海大相模的橋本，他的外角球超會彎的，直球也快到不是蓋的。」

「你們在預賽就碰上甲子園優勝隊，真厲害耶。」

「只是我完全揮不到他投出的球，完全被人慘電。哈哈，如今回想起來還真想笑，他當真跟我一樣是高中生嗎？」

陽斗嘴上是這麼說，表情卻沒有一絲笑意，他目不轉睛看著出血慢慢凝固的手掌。他的手掌上，刻下了不斷揮棒練習的證明。能看見繭被多次磨破的痕跡，整個手掌也偏向黃色，都是他努力不懈所留下的成果。

在愧疚感的驅使下，瑛太不由得將目光移開。

他搬家至福岡後，就沒有繼續打棒球，以前在指頭上留下的繭，經過四年的歲月已完好如初。

不知該將目光擺在哪裡的瑛太，下意識地望向落於腳邊的石子。

「我當初還想說，可以打進更高的名次，唉～可惡，身上的汗流個不停。」

可能是覺得自己的語調太過嚴肅而感到害臊，陽斗以略顯誇張的動作擦拭汗水。

「弄得滿身是汗，又把繭磨破了……你覺得若是在這裡打出全壘打，就可以替那年夏天報上一箭之仇嗎？」

「我不是想報仇，那種事我也搞不清楚，但就是因為不懂，才會想嘗試看看。」

瑛太斜眼望向陽斗，發現他張嘴露出燦爛的笑容，是一張宛如少年般直率的笑容。

這模樣莫名逗趣，導致一度忍住笑意的瑛太，最後不禁噴笑出聲。

「你笑什麼啊？」

「沒什麼，單純覺得你就是這種人。」

明明是令人害臊的話，卻能夠毫不害羞地直接說出來。

「你這句話是什麼意思？」

陽斗露出不滿的表情，卻又心有戚戚焉地笑出聲來。沒錯，陽斗確實就是這種人。上述感想，更是惹得瑛太放聲大笑。

在盡情歡笑過後，瑛太率先從長椅起身，就這麼一邊扭動著肩膀，一邊走向投手丘。

「瑛太？」

背後傳來陽斗困惑的聲音。

「我沒辦法投太多球，就以一個打席來決勝負。」

陽斗手上的繭已經磨破，繼續揮棒會很痛苦才對。

「一個打席決勝負嗎？這主意不錯喔。」

陽斗一鼓作氣起身，走進打擊區。

瑛太踏了踏投手丘，確認好感覺後，閉上雙眼做一次深呼吸，接著慢慢睜開眼皮，但他並非看向打者，而是注視著好球帶。縱然沒有捕手，他仍在腦海中想像出捕手的手套。

他慢慢舉起雙手，有如回想起國中時期的投球姿勢，將左腳抬起，在跨出一步的同時，把全身的力氣經由右手指尖傳至球上。

瑛太使出渾身解數投出的球，迅速通過好球帶偏高的位置。

陽斗徹底慢了一拍才揮棒。

「太快了啦！」

陽斗似乎認為瑛太剛才根本是在放水，不禁大聲吐嘈。瑛太沒有多加理會，繼續從籃子裡挑選球，在握了好幾顆之後，取出一顆握起來最順手的球。

「想想瑛太你就是這種人。」

陽斗像是開心地說完這句話後，立刻斂起表情，重新握好球棒，擺出打擊姿勢。

瑛太投出的第二球是出乎意料的曲球，完全抓錯時機的陽斗，再一次豪邁地揮棒落空。

不過陽斗並未針對使出變化球一事開口抱怨，看起來反倒更加幹勁十足，等待瑛太投出下一球。

這下子已是兩好球，再一個好球，就是瑛太獲勝。

話雖如此，瑛太光是投完兩球，右肩就開始感到疲憊。難得像這樣卯足全力投球，著實令他吃不消。就算覺得自己很沒用，但在這個瞬間，瑛太滿腦子只想著該如何投下一球。

他將直指與中指貼在球的縫線上，這是投快速球的握法。接下來他便心無旁鶩，回想著投出第一球的感覺，使出渾身力氣振臂一投。

球朝著極度偏向內角的好球帶飛去。

陽斗在短短一瞬間露出錯愕的表情，不過他立刻夾緊腋下，擺出敏捷的打擊姿勢，彷彿想把球撈起般，一口氣揮動球棒。

隨即傳來一陣輕快的金屬撞擊聲，穿過清澈的冬季天空。

白球高高飛起。

瑛太目瞪口呆地轉身看著球飛去的方向。朝著左外野飛去的球，越過隔壁的足球場後，落於十分接近操場外圍鐵網的草叢裡。

「這是……全壘打吧？」

擊球的當事人，也露出難以置信的表情。

「不對……」

「那怎麼看都是全壘打吧！」

瑛太並非不服輸才這麼說。

「那怎麼看都是場外全壘打。」

而是想說這句話。

「好耶——！」

陽斗高舉雙手擺出勝利姿勢，放聲歡呼，這股聲音甚至傳進了校舍裡。

美緒打開窗戶，即使位在三年一班的教室裡，也能聽見兩人的笑聲。位於投手丘附近的陽斗，像是獲勝似地開心不已。被陽斗撲到身上的瑛太，因體格的關係，實在支撐不住，雙雙摔倒在地。

但是就連這件事，也都化成笑聲。

「泉真的回來了……我完全沒聽說這件事。」

戶外冰冷的空氣，令美緒的氣息化成白霧。

她手裡的手機，顯示著惠那傳送過來、以「神祕的轉學生」為主旨的一張照片。照片裡的人，有著一頭不知是睡醒沒整理，還是故意以此為造型的髮型；比男生平均值偏矮的身高；平常總是一副沒睡飽的模樣，投球時卻變得異常認真的側臉，仍留有幾分國中時期的影子，因此美緒只看一眼，就認出他是泉瑛太。

陽斗與瑛太仍在放聲大笑，全然不介意弄髒的制服，兩人就這麼仰躺在地面，所以笑聲傳遞得更遠。

「我可是因為大學招考，完全笑不出來，他們那樣子真叫人火大。」

美緒低聲抱怨，神情卻莫名開朗，自然而然地揚起嘴角。

「真的是……很令人火大。」

3

「這下子，我明天肯定會肌肉痠痛，晚點還得整理搬家的行李耶。」

瑛太摸向自己的肩膀，發現已在微微發燙。

「你就趁此機會從頭鍛鍊起吧。」

「才不要咧，我已經受夠這種劇烈運動了。」

聽完回應後，陽斗無奈地面露苦笑，隨後又收起表情，看起來莫名緊張。

「聽我說，瑛太。」

「嗯？」

「我……這就去告白。」

陽斗一鼓作氣從地上跳起來。

「……啥？」

跟著起身的瑛太，一頭霧水地發出錯愕的聲音。

「因為還能聽見聲音，我想她仍在學校裡。」

起身的陽斗稍稍瞇起雙眼，往校舍的方向望去。

這句話是什麼意思？說起目前能聽見的聲音，就只有來自管弦樂社的演奏聲。

「我聽不懂你想表達的意思……」

瑛太開口發問，但陽斗已經跑向校舍，而且還不斷加快腳步，轉眼間就離開了。

目送陽斗那異常認真的背影，瑛太冷不防想起他之前說過的話。

記得陽斗有提過，自己是在祈願。

「原來是這個意思呀……」

為了讓自己能鼓起勇氣告白的全壘打。陽斗還是老樣子，總愛做這種異常拐彎抹角的舉動。國中時，陽斗為了替自己增加信心，曾多次拉著瑛太陪他進行打席決勝負的比賽。

瑛太從口袋裡取出手機。

打開LINE之後，對陽斗傳送了一個『加油』的貼圖。

察覺收到訊息的陽斗，停下腳步打開手機。

過了幾秒，瑛太便收到『明白了』的貼圖。

闊別三年半的交流。

在重新展開聯絡後，瑛太不禁懷疑，當初為何會對於發送訊息給陽斗感到遲疑，甚至覺得這樣的自己很蠢。那時的他，到底在介意什麼？

不論是搬家轉學、雙方分隔兩地，或是彼此不再聯絡，陽斗果然還是陽斗。

瑛太在切身感受到這點時，再次收到陽斗發送的LINE。傳來的訊息是『有一件事忘了跟你說』，當瑛太反問『什麼事？』時——

——夏目也在這裡。

他收到了以上這則訊息。

在目睹此內容的瞬間，瑛太的心臟大力地震了一下。

對瑛太而言，這是與陽斗同等令他難以忘懷的名字。

此人的全名是夏目美緒。

她是瑛太國中時的同班同學，彼此之間並沒有什麼特別的關係，就只是參加同一個委員會時有過接觸。她在加入學生會後，瑛太在幫忙時，有與她交談過幾次罷了。以言語來解釋的話，她就只是國中時期的同班同學，僅止於此。

不過，瑛太直到現在仍記得她的全名。明明有許多昔日的同學，他都已經記不起對方的長相或名字。

雙方並沒有發生過什麼特別的事情，但是瑛太覺得在那段自認為平凡無奇的時光裡，她在自己心中留下某種特別的情愫。

當瑛太意識到這部分時，有種懷念的感覺一口氣湧上心頭，令他胸口隱隱作痛。當時的某段記憶，重新浮現在他的腦海裡。

國中時，美緒由於學生會的關係，手裡搬著一個紙箱。因笑聲而停下腳步的她，注視著與棒球社成員們一邊打鬧，一邊準備用具的陽斗。

寒冬的空氣，將美緒的氣息染成雪白，在冰冷北風的吹拂下，黑色短髮輕撫過她那依依不捨的臉龐。

瑛太回想，早知道那時就馬上轉身離去。這麼一來，就不會被美緒發現他看見了這一幕，也不會被她威脅說「如果敢說出去，我就把你打得半死不活」。

美緒當時那鬧彆扭的表情，瑛太直到現在都忘不了。微微發狠的她，在威脅瑛太時露出的眼神，看起來並不像是在開玩笑。

「沒必要這麼狠吧……」

瑛太把手機收進口袋的同時，也回想起這段被人威脅的體驗，不禁露出苦笑。

瑛太也有自己的情緒，美緒的反應著實是太殘酷了。

不過，瑛太自認為在搬家至福岡後，這件事就會告一段落。某天，聽見擔任銀行職員的父親說「基於工作關係，我們要搬回鎌倉」時，瑛太也覺得不會再與美緒扯上關係。

事實上，現階段也並未真的扯上關係，就只是收到「夏目也在這裡」的訊息，不過光是這點小事，瑛太能感受到自己躁動的心情已掀開蓋子，從縫隙間露出臉來。

由於瑛太不好意思直視這股自覺，為了蒙混自己的心，他強行將這股思緒拋諸腦後。

他把塞進口袋裡的入校許可證掏出來。

「總之，得把這個歸還給學務處。」

並且將不必說出口的這句話，刻意像這樣自言自語。

「謝謝。」
學務處位於北側大樓一樓的賓客用出入口旁邊。
「已經參觀完校園了嗎？」
從窗口探出頭來的行政人員，笑容滿面地迎接瑛太。
「是的，差不多都參觀完了。」
瑛太將入校許可證交還給行政人員，再次向對方鞠躬道謝後，便轉身離去。
瑛太把拖鞋放入鞋櫃內，換回自己的鞋子，此時的他，滿腦子都想著陽斗剛才傳來的訊息。
瑛太拿出手機，確認ＬＩＮＥ訊息，他並沒有看錯，上面確實寫著『夏目也在這裡』。
「這句話的意思，是她也就讀這所學校吧……」
依照字面上的意思，應該不是指她目前仍在學校裡。比起這個，陽斗為何特地跟瑛太提及美緒呢？瑛太完全沒印象有跟陽斗聊過美緒的事情，甚至沒有做出任何引人誤會的舉動。
既然如此，又是為什麼……
瑛太抱著以上疑問，在走出校舍的瞬間，被人給叫住了。

「啊、泉。」

忽然有人呼喚自己的名字，瑛太隨即停下腳步。

抬頭望去，位於瑛太離開的北側大樓對面、中央大樓的學生專用出入口處，剛好有一名女學生從中走出來。

「好久不見……話說你怎麼會在這裡？所以你已經搬回來了嗎？是何時搬回來的？」

女學生接連提出好幾個問題，並且朝著瑛太的方向走過來。

來者擁有一頭稍微染亮的髮色，臉上畫著淡妝。至於她的身高，即使看在男生之中偏矮的瑛太眼裡，都覺得此人十分嬌小。

感覺上這個女生，在班上是隸屬於受人矚目的小團體裡。

只是瑛太此刻的疑問並不在這，而是與他攀談的女學生到底是誰。即使女學生喊出自己的名字，瑛太仍認不出對方。

「……妳好。」

因此瑛太擺出警戒的態度，不管是表情、聲音與距離感都顯得很生疏。

女學生見到瑛太的反應，露出訝異的表情。

「難道你……」

女學生略顯不悅地皺起眉頭。

她準備接著說下去的話語，卻被一旁傳來的聲音打斷了。

「森川！」

這股聲音，聽起來緊張到有些破音，也是瑛太很熟悉的聲音。正是留下一句「我這就去告白」後便快步離去的陽斗所發出來的。

那道人影從大樓門口衝出來，由右至左橫切過瑛太的視野。注意力只放在前方的陽斗，似乎並沒有發現瑛太。

陽斗朝著校門的方向跑了十公尺左右，便停下腳步。大概是他一直在校內四處奔走，因此呼吸十分急促，臉上卻沒有一絲倦意。

被叫住的人，是一位身材高挑的女學生。

「……有事嗎？相馬同學。」

女學生的表情顯得很困惑，因為被叫住而出聲回答，想必她就是「森川」吧。

那頭烏溜溜的長髮，看起來肯定未曾染髮過。以時下的女高中生來說，她的裙襬有點長，感覺上是配合校規打扮。

她整體給人的感覺略顯樸素，不過用手壓住被風吹亂的長髮，以及等待陽斗開口的模樣，都有一種文靜的感覺，在瑛太的眼中顯得十分成熟。

「不出我所料……」

以「泉」呼喚瑛太的另一名女學生，發出宛若嘆息似地如此低語。

瑛太將目光移去，發現那名女學生呼出白霧，露出不捨的眼神望向陽斗。對於這張臉龐，瑛太總覺得似曾見過。

「……啊。」

在大腦想通之前，瑛太像是呼出一口氣似地發出驚呼。

回憶裡的她——

將名字牢記在心的她——

光是陽斗在ＬＩＮＥ上提及『她也在這裡』，就令瑛太坐立難安的特別之人。

瑛太無法相信眼前所看到的。

因為她的頭髮，比當年長了一點。

而且又把髮色染亮。

臉龐上已沒有一絲昔日的稚氣……至少她在國中時，從來沒有化妝過。

所以瑛太未能認出她來，無法在第一時間聯想到她的身分。

無論是依依不捨望向心上人的眼神——

表達出心中不滿的唇瓣——

還有直呼瑛太為「泉」的說話方式——

她在重逢瞬間所展現出來的模樣，都是瑛太所熟悉的「夏目」。

瑛太卻先入為主地認為，她永遠都不會改變。

但是，正因為如此，瑛太才會無法相信眼前所看到的。

瑛太犯下最糟糕的失誤，沒有在第一時間認出對方，不管之後如何辯解都毫無意義。更何況，對方還是以認出瑛太的口吻在打招呼……

因此，瑛太很想馬上回答美緒剛才沒說完的問題，想告訴她，自己已經認出她了。但是，陽斗也在這裡，而且他正準備告白……究竟該怎麼做才正確，瑛太完全搞不清楚。

也不知美緒當年的心意，是否維持到現在。

「我啊，該怎麼說咧？那個……」

「嗯……？」

在瑛太想明白之前，陽斗與葉月的對話仍在持續。唯一能肯定的，就是美緒注視陽斗的側臉，與當年一模一樣。

「我有話想對妳說，我、我啊！」
偏偏陽斗不讓瑛太有時間思考，正拚命傳達他心中最重要的想法，不適合旁人打岔。
到最後，不論是瑛太與美緒，都只能待在一旁靜靜看著。
完全沒有注意周圍的陽斗，專注地看著意中人，終於把話說了出來。
「我明天有空喔！」

4

「我回來了～」
瑛太以疲倦的嗓音告知自己已返家，母親此刻正在廚房準備晚餐。
「哎呀，歡迎回來。」
電視上播放著晚間新聞。
「怎麼這麼晚才回來？學校感覺如何呢？」
瑛太在廁所洗手漱口時，廚房傳來母親的聲音。

「這個嘛，就很普通。」

事實上一點都不普通。不對，學校本身是很普通，卻一連發生兩次出乎意料的重逢，這種情況實在算不上是普通。

再加上，還撞見他人的告白現場。

縱使陽斗在最後一刻選擇退縮，未能順利告白……但對陽斗來說後續仍算有所進展。

「對了，我在超市巧遇相馬太太，聽說她還在原本的公立醫院工作。你還記得嗎？就是陽斗同學呀，以前和你同一所國中的那個男生。」

「我明天會跟陽斗出去，應該沒空整理房間。」

瑛太用毛巾將手擦乾後，走出廁所。

相約出門的對象，不光只有陽斗一人，也包含當時在場的兩位女生。換言之，就是森川葉月以及夏目美緒。

陽斗沒能告白後，葉月扭頭發現站在一旁的瑛太與美緒。在一陣尷尬的氣氛中，陽斗忽然提議「如果大家明天都沒事的話，就一起出去玩吧」。當下，瑛太沒有勇氣拒絕陽斗的邀請，相信這對美緒而言也是一樣的。

母親緊接著似乎又說了什麼，不過瑛太全當成耳邊風，一路走進自己的房間。

房間裡堆滿搬家用的紙箱，令瑛太完全不覺得這裡是自己的臥房。目前能使用的家具，就只有書桌與床鋪，於是瑛太直接趴倒在床上。

「……總覺得好累。」

在這個時期轉學，瑛太原先認為只要記得去學校，然後好好等待畢業即可，完全沒抱持任何期待，甚至覺得抱持期待，也會是一場空。

如今卻巧遇陽斗，更見到美緒……

「夏目……變了好多……」

瑛太的喃喃自語，唯有埋在他臉下的枕頭能聽見。

美緒離開學校，結束補習班的課程後，於晚上十點多返回家中。在避免發胖的程度內吃完母親準備的飯菜，便走進浴室洗澡。

當她悠閒地泡在浴缸裡，大腦也跟著放鬆下來，這才擺脫準備大學招考的緊繃情緒。

不過她的思緒卻恰恰相反，逐漸塞滿今天在學校發生的事情。

驚覺此事的美緒，為了揮別這種心情而離開浴缸。她心無旁騖地擦拭身體，穿上睡衣，當她使用吹風機將濕潤的頭髮吹乾時，今天的事情再次湧上心頭。

「為何你現在又回到這裡呢？泉……」

美緒明白自己根本是在遷怒他人。

關掉吹風機後，家裡養的拉布拉多犬・拉拉，用牠那龐大的身軀，輕輕蹭著美緒的小腿。

美緒蹲下身子，雙手捧住拉拉的臉。

「他應該還記得那件事吧？」

唯獨瑛太察覺出她的心意，也是糾纏自己許久的單相思。

「還以為他已經忘記了呢……」

美緒是這麼認為，也認為會成真，她自認為在畢業之後，一切就會結束。

「真是的，為何如今……」

竟會碰巧目睹那件事呢？美緒根本就不想看見，被打亂的心情，過了數個小時依然無法得以平靜。這令她心煩氣躁，受不了任何事情，很想趕快變回平時的自己。

美緒大大地嘆了一口氣。

「明天該怎麼辦才好？」

拉拉歪著小腦袋瓜，不解地抬頭望向主人。

美緒已經答應與其他人一起出去玩。

到時究竟該露出怎樣的表情？抱持怎樣的心情參加呢？她有辦法保持平常心嗎？如此一來，乾脆趁現在拒絕算了。但是，美緒不知道其他人的ＬＩＮＥ帳號，也不願見到因為自己反悔的關係，導致這場聚會泡湯。倘若變成這樣，陽斗勢必會很失望。就算事不關己，美緒也不想因此給自己留下虧欠感。

至於瑛太，美緒也非得叮囑他別多嘴不可。

因此，這場聚會是非去不可。

她以近乎放棄的心情做出決定後，心中仍留有一個嚴重的煩惱。那就是已決定前往後，必須煩惱的頭號問題……

「明天要穿什麼衣服呢……」

Chapter 2

Question

1

瑛太睜開雙眼，看見一個狀似巨蛋球場天花板的燈罩俯視著自己。以睡昏頭的腦袋，看著不熟悉的天花板，會給人帶來「這是哪裡？」的疑問，但是瑛太隨即就得出答案。

這裡是自己的新臥室。

瑛太是前天才從福岡搬回鎌倉，今日是在此房間內迎來的第二個早晨。

不管是天花板上不規則的木紋、全新床單的觸感以及房間裡的氣氛，一切都讓人覺得不對勁。等到整理完堆放於床鋪對側牆邊的所有紙箱，就能接受這裡是自己的房間嗎？感覺上會花費不少時間。

瑛太如此思索著，同時伸手撐起身體起床，結果從右肩、上臂至背部傳來一陣痠痛。

「!?」

不成聲音的呻吟，有如化成氣息從嘴裡宣洩出來。即便算不上是劇痛，尚在能忍受的範圍內，但是每當瑛太要使力，就會傳來一股酥麻的痠痛，妨礙他的行動。

瑛太早就料到會肌肉痠痛，可是情況比想像中更糟糕。嚴重到這種地步，就只能慢慢挪動身體，避免再度刺激肌肉。

拜此所賜，瑛太花了將近一分鐘，才讓自己的身體坐在床邊。許久沒有像這樣全力投球，身體果然吃不消。

對於如此沒用的自己，瑛太發出空虛的嘆息。

與此同時，一股真實感湧上心頭，證明昨天那些經歷都不是一場夢。

闊別四年重新回到這裡——

與相馬陽斗重逢——

以及再次見到夏目美緒——

還有今天與那兩人一同出遊的約定……全都是現實。

耀眼的陽光，從窗簾的縫隙射入室內。外頭傳來孩童們嬉鬧的笑聲，大概是住在同一棟大樓的居民們。鬧鐘上的指針，再過幾分鐘就會指向十一點。與陽斗等人約定見面的時間，是下午一點半。

決定慢慢準備的瑛太，拖著因肌肉痠痛而變沉重的身體，緩緩地站了起來。

享用完遲來得形同午餐的早餐後，瑛太換好衣服便走出家門。當初有稍稍煩惱要如何打扮，但他懶得將塞進紙箱中的休閒服翻出來，便決定套上搬家當天所穿的茶色長褲與長袖襯衫，外面再添加一件接近卡其綠的羽絨外套。這算得上是瑛太平日的穿著，由於若是讓人發現自己刻意打扮，會令他感到很害臊，因此這身裝扮，也不失為是個好選擇。

沿著大樓前的斜坡向下走，放眼望去能看見下方的32號省道。瑛太居住的大樓與柏尾川高中一樣，都是沿著通往市中心的馬路附近的斜坡所興建而成。這棟很有存在感的大樓是新建而成，屋齡應該不超過瑛太的年紀。這棟大樓的規模龐大，共計有九層樓，將近兩百戶居民住在這裡。

瑛太認為，父親也是下定決心才買下這間房子，可能是想藉此表示，自己不會再調職了。由於瑛太不常與父親聊天，因此直到搬來這裡之前，瑛太都不知道會住在什麼樣的房子裡，最多只是母親隨口回了一句「真的是個好地方喔」。事實證明，這裡當真是個好地方。

沿著32號省道走了十分鐘左右，能看見通過道路上方的輕軌車道。此輕軌是採用吊掛在軌道下方的懸吊式輕軌列車。瑛太走向湘南深澤站的途中，一輛銀色搭配紅色線條、狀似特攝英雄作品配色的列車，從他的頭頂上方呼嘯而過。

瑛太抵達車站，從販售機買好車票，沿著階梯來到月台上，結果看見一道熟悉的身影。

那個人是相馬陽斗，他倚靠在支撐屋頂的柱子上，等待列車的到來。

「陽斗。」

瑛太出聲呼喚，同時朝著陽斗走去。

「嗨。」

陽斗聽見後，稍稍舉起手來打招呼。反射性想以相同動作打招呼的瑛太，將手從口袋抽出來時，隨即發出短促的呻吟聲，於是他皺起眉頭地停下動作。

「居然會肌肉痠痛，你是哪來的老頭啊。」

陽斗放聲大笑。

「所以我才不想投球啊。」

——也不想想是誰造成的。

瑛太站在陽斗旁邊，不敵寒冷地縮起身子，靜靜等待列車進站。瑛太斜眼觀察陽斗的表情，覺得他看起來有些緊張。

無論是使用定型液梳理過的髮型，以及應該是陽斗最中意的藍色夾克，配上一條黑色長褲，一眼即可看出他有刻意打扮過。

不過，他的神情並沒有顯得特別開心，只是心不在焉地望著車站北側。在那片土地上，能看見整齊排列的電機工廠。

「話說回來。」

車站底下有著來往穿梭的車輛。

「嗯～怎麼了嗎？」

陽斗從口袋中取出手機，正在確認時間。距離列車進站的時間，大約還有三、四分鐘。

「我今天是不是應該假裝有事不能來啊？」

目光從手機移向瑛太的陽斗，臉色複雜到一言難盡。

「你像平常那樣一起來就好啦，忽然讓我們兩人獨處，我會緊張的。」

「那個女生叫做森川是嗎？」

記得陽斗昨天是這麼稱呼對方。陽斗準備告白的對象，是個身材挺高挑的女孩。

「嗯？啊～沒錯，就叫做森川。」

感到害臊的陽斗，回以生硬的笑容。

「為何你會喜歡上森川同學呢？」

聽見這個問題，陽斗與瑛太四目相交，不過陽斗的視線隨即略微往下移。

「這個嘛，感覺對了？」

「……我都被你捲入其中了，好歹把理由說給我聽吧。」

被人戳中痛處後，陽斗不甘不願地再次望向瑛太，一臉像是想說「瞧你講得這難聽」。

陽斗似乎能夠接受瑛太的說詞，死心似地深深嘆了一口氣。

「每年夏季大賽，管弦樂社都會來幫我們加油，我在看見森川吹奏小號後，忽然變得很在意她……等我回神時，這才發現自己總是注視著她。」

陽斗目不轉睛看向前方一公尺的地面。

「明明天氣熱得受不了，她始終全神貫注……」

不對，陽斗眼中看到的，是每年夏天的回憶。是瑛太未曾經歷過、在夏天舉辦的高中棒球聯賽。是陽斗挺進甲子園之前就已經消失，揮灑汗水與淚水的記憶之一。

「站在觀眾席上幫忙加油，應該遠比正在比賽中的我們辛苦多了。」

「或許吧。」

瑛太之所以回答得這麼模擬兩可，是他並沒有站在同個球場上，完全想像不出來，也無法一臉感同身受似地贊同陽斗說「就是啊」。

瑛太將愧疚感藏於心中，等待陽斗繼續說下去。

「……」

但是，無論等待多久，陽斗都沒有開口。

「……難道…理由就只有這個？」

「對啊，一般來說都是這樣吧，總之我在意她到無法自拔，實在想不出其他理由了。」

陽斗癟著嘴，態度強硬地主張這番沒出息的論調。不過瑛太認為，這很符合陽斗的作風。畢竟這種事情，並非有道理可循或得到他人的理解。

「你對我說出這種真情告白，我也幫不了你啊。」

「正因為是瑛太你，我才說得出口啊～比起這個，瑛太你呢？轉學後有交到女朋友嗎？」

「你這個問題，只會讓人覺得不耐煩。」

「意思是沒有吧？既然如此，結果算是皆大歡喜囉。」

「這是什麼意思？」

無論從哪個角度上來看，瑛太都不覺得這情況是皆大歡喜。陽斗究竟想表達什麼，瑛太截至目前仍是一頭霧水。

「因為你喜歡夏目吧？」

因此，面對這記正中紅心的快速直球，瑛太的心臟猛然一跳，展現出最直接的反應。

「咦！為何你會說出這種話？」

瑛太大聲地反問回去，激動到連自己都暗暗吃驚。

「你在國中時有說過啊。」

陽斗狡黠一笑，一副像是別問這種你我都心知肚明的問題。

「我才沒說過咧。」

對於夏目美緒的情愫，瑛太從未向任何人說過，也覺得沒有被其他人發現，實際上卻是僅有瑛太一人如此認為嗎？

一如陽斗此刻所言，他已經察覺到瑛太的心意了。

「算啦，無所謂，我會聲援你的。」

情勢逆轉，陽斗一臉賊笑地看著瑛太。

「那都已經過去了……」

瑛太將心中的尷尬，化成言語一起吐出。此時，從側面傳來一股說話聲。

「啊、大家果然都趕上同一班車。」

是個十分耳熟的女性聲音。聲音的主人，就是兩人剛好聊起的夏目美緒。往階梯的方向看去，一如想像中的那個人就在那裡，而且已來到瑛太與陽斗的身邊。

美緒穿著一條長度及膝、外觀亮麗的裙子，搭配白色的編織上衣，再加上一件優雅的外套，讓人有種較為成熟的感覺，也能看出她有畫上淡妝，比起昨天在學校相遇時，她的眼睛顯得更為深邃。每當美緒眨一次眼，這股感覺就更加強烈。

對美緒而言，這或許是她平日的裝扮，但是從她刻意不太望向陽斗的態度來看，瑛太覺得她多少有特地打扮一下。

「怎麼了？難道你有意見嗎？」

美緒注意到瑛太的目光，嘟起嘴巴提出抗議。

「是沒有啦。」

「我出聲叫你們時，你明明就有嚇一跳呀。」

「因為太突然了。」

瑛太將身體彎向軌道，確認是否有列車準備進站。

「是這樣嗎～」

從視野外傳來美緒的聲音，聽起來她完全無法接受這個說詞，她卻沒有繼續追問。由於兩人重逢只經過一天，因此雙方仍有些生疏。

「你們在聊什麼呢？」

美緒以刺探似的口吻，轉而對陽斗提問，不過她的目光仍停留在瑛太的身上，總覺得像是在警戒著什麼。

「當然是男人之間的話題囉。對吧？瑛太。」

面對一臉賊笑的陽斗，瑛太決定保持沉默。若是隨口回應，很可能會引發不必要的誤會。

「喂，列車來了。」

看著準時從大船方向駛來的列車，瑛太默默在心中道謝。

「這裡有空位。」

進入列車內，陽斗率先走向四人對坐的空座位，直接坐了下來。被美緒從背後輕輕推擠的瑛太，坐在陽斗的正對面。反觀美緒，則是因為剛才推擠瑛太的關係，不加思索地坐在瑛太的旁邊。

瑛太在意地瞄向美緒的側臉，而她注意到飄來的視線，於是兩人就這麼四目相交。

「因為相馬太大隻，坐在他旁邊會很擠。」

瑛太什麼話都還沒說，美緒已先一步說出理由。

「我也沒問啊。」

「你們在聊什麼？」

陽斗露出完全在狀況外的表情，當列車關門發車後，這個話題就被行進聲打斷了。瑛太不禁感到慶幸。

列車逐漸加速，朝著上坡前進。畢竟此城鎮坡道居多，這對列車來說也是一樣的。朝著下一站西鎌倉站駛去的列車爬上斜坡，當瑛太以為會進入隧道時，列車卻以頗傾斜的角度向下行進，途中還拐了一個彎，感覺上有點像在搭乘雲霄飛車。

駛離西鎌倉站的列車，穿過市區上方，往下一站片瀨山站前進。再往前一段距離，南側應該能夠看見大海。

「泉，你的大學招考準備得還順利嗎？可以像這樣出來玩嗎？」

大概是已經受夠一直默默地坐在位子上，最先開口說話的人，是正在低頭看手機的美緒。

「我在推甄階段就錄取學校了。」

瑛太仍望向窗外，小聲地開口回答。

「哪間學校？」

「上叡大學。」

「嗚哇～真讓人惱怒。」

窗戶倒映出美緒不悅的臉龐，瑛太假裝沒看見。

「記得那所學校的偏差值很高吧？你這個可恨的書呆子。」

「因為我在福岡沒有參加社團……也沒有出外打工，假如連書都念不好，會被人瞧不起的。」

瑛太繼續眺望窗外的景色，不加思索地說出答案。

「這是哪門子的理由啊。」

陽斗以為這是玩笑話，於是放聲大笑。事實上，有部分原因真如瑛太所言，他在國二冬季這種不早不晚的期間轉學……沒有勇氣與力氣介入朋友關係已完全確立的環境裡，他為了避免被人瞧不起，才會專注在學業上。

瑛太升上高中後，依舊維持這種心態用功學習，結果推甄順利錄取。說起瑛太在高中與國中時期的差異，就是至少有結交數名志同道合的朋友，而且又與其中一人特別要好，即使在轉學之後，每天仍透過ＬＩＮＥ保持聯絡。

列車抵達片瀨山站後，從窗戶放眼望去，越過街景能看見位在盡頭的大海。淡藍色的冬季天空，蔚藍色的海洋，由於今天天氣很好，景色也令人感到心曠神怡。

「夏目妳呢？」

對於話題中斷一事感到尷尬的瑛太，這次換他反問回去。根據美緒剛才的反應，不難想像她還是考生。如此一來，為了避免今後又失言，瑛太決定先確認清楚會比較好。

「反正我仍是考生，而且第一志願只是翠山學院大學。」

美緒裝出一副不感興趣的模樣，冷淡地回答問題，不過明顯語帶諷刺。因為單就偏差值而言，瑛太推甄錄取的大學略高一籌，美緒擺明很介意這件事。

照此情況看來，趕緊換個話題會比較妥當。

「陽斗是直接就業吧？你打算做什麼？」

「我會去剛才從車站能看見的工廠上班。」

陽斗像是事不關己地回應著，他將手肘撐在窗邊，不感興趣地張口說明。

「那是什麼工廠？」

瑛太只知道那些工廠，是屬於某間電機廠商的。

「製造東西的工廠。」

「那裡在製造什麼？」

「記得是跟人工衛星有關的各種零件？」

「感覺上挺厲害的耶。」

身為當事人的陽斗，卻是一臉意興闌珊的樣子，敷衍地回了一句「嗯～算是吧」，無聊地望著不斷向後流逝的景色。

在進入下個話題之前，列車已抵達終點，也是三人預定要下車的湘南江之島車站。

三人離開車站，走進了看起來全都通往大海的狹窄步道，他們不著邊際地配合著彼此的步伐，順著觀光人潮慢慢前行。

他們的目的地是就算慢慢走，最多也會在十分鐘抵達的小田急江之島線的片瀨江之島站。包含江之電鐵的江之島站在內，擁有「江之島」之名的三個車站中，就屬片瀨江之島站距離海邊最近，也是最接近江之島當地的車站。由於那是最接近此行目的地．新江之島水族館的車站，因此瑛太相信陽斗就是基於這點，才會選擇此處為會合地點。

經過橫跨境川的橋樑，能看見一座頗具特色的車站。那棟淡綠色屋頂配上紅色梁柱、狀似海底龍宮的建築物，就是江之島的觀光大門，也是小田急江之島線列車的終點．片瀨江之島車站。

瑛太等人抵達剪票口稍微前方一點的廣場後，不約而同地一起停下腳步。放眼望去，並沒有看見森川葉月的身影。

「相馬的龍宮公主似乎還沒到呢。」

美緒以擺明想捉弄人的語調說著，同時窺視陽斗的臉龐，神情顯得莫名開心。

「妳那是什麼語氣啊。」

陽斗尷尬地苦笑以對，然後倚靠在防止車輛進入的石墩上。

「你就趁著在變成老爺爺之前，趕緊向人家告白啦。」

被美緒一語道破的陽斗，震驚得目瞪口呆。

「……算了，妳會知道也不足為奇。」

陽斗再次露出苦笑，坦率接受自己已被他人看穿心思一事。大概是為了掩飾心中的害臊，陽斗低頭看向自己的手機。不對，他是把手機當成鏡子，動手整理自己的頭髮。

在陽斗整理好儀容時，正巧看見一輛列車，從筆直延伸的軌道另一頭駛來。車廂漆成銀色配上亮藍色的列車，就這麼慢慢減速駛進月台，直到完全停止。

車門敞開後，看似是一家人或是情侶的乘客們接連下車，把剪票口擠得水洩不通，想從中找出特定人物，可說是相當困難。

當瑛太冒出以上想法時，陽斗在一旁以開朗的聲調喊了一句「是森川」，隨後卻發出一聲聽似不滿的「嗯？」

「啊、有了有了。」

從剪票口走出來的女孩子，大幅度揮動著自己的手臂。她揮手打招呼的對象，看起來很像是瑛太等人，不過這位身穿紅色連帽登山外套與破洞牛仔褲、身材高挑的女孩子，瑛太完全不認識。

「為何妳也跑來了啊？乾。」

一臉鬧脾氣的陽斗，對著接近的女性開口提問。

「我去葉月家玩時，她說自己剛好要出門，所以我就跟過來了。」

「妳給我回家去。」

看樣子，陽斗肯定認識這位女性。如果他對陌生人說得這麼毫不客氣，簡直就跟驚悚片沒兩樣。

「對不起喔，相馬同學。」

陽斗的龍宮公主・森川葉月，代替當事人向陽斗賠罪。只是身穿長裙配上牛角扣大衣的她，看起來又高又瘦，遠比身材嬌小的美緒更有存在感。

「別這麼說，森川妳並沒有錯。」

實際上，陽斗一副像是眼中只剩下葉月的樣子。

「真的，森川妳一點錯都沒有。」

儘管這句話了無新意，但是瑛太完全沒有具備能幫忙緩頰的口才，重點是他到現在都還沒有搞清楚狀況。

這位被稱為乾的女性，注意到瑛太的存在。

「啊、我叫做乾依子，是葉月的朋友，與相馬、夏目同學是同班同學，請多指教。」

依子在說話時，不忘注視著對方的雙眼，給人一種友善的感覺。從她那開朗的態度來看，應該有加入運動類的社團。她在自我介紹時說是葉月的朋友，對於陽斗和美緒就稱為同班同學，總覺得是想表達他們之間的關係，在班上有著很微妙的差距。若是他們平日經常聊天的話，陽斗也不會以「我明天有空喔」這句話，來向葉月告白。

「我叫做泉瑛太，接下來要逛哪都可以。」

「說的也是，那就出發吧。」

帶頭走在最前面的人是乾依子，葉月則是跟在旁邊，但不時注意著後方。望向無奈地緊追在兩人身後的陽斗，瑛太朝著他的背影，在心中默念一句「別在意」來為他打氣。

瑛太一行人往前沒走多遠，迎接他們的是海風、海潮的氣味與海的聲音。假如沿著依海岸線架設的134號國道，往大海的方向前進，將會看見一望無際的海洋、天空與水平線。另外，還有位在這片景色之中的江之島，以及通往江之島的弁天橋。

他們背對江之島，朝著西側前進。要是沿著這條路走下去，將會經過鵠沼、辻堂、茅崎等沿海搭建的城鎮，不過今天的目的地，是距離較近的地點。倘若除去等待紅綠燈的時間，從車站走過去只有兩、三分鐘的距離。那裡就是沿著海岸線建設、橫向延伸出去的長形建築物．新江之島水族館。

陽斗代表眾人買好五人份的門票，分發給大家。

「那就進去囉。」

穿過入場大門，一行人進入水族館裡。

登上長長的階梯，館內藍白色的照明，令牆壁與天花板逐漸變成深海的顏色。一路走去，最初遇到的第一個展場，是展示鰤仔魚的成長過程。從位在那裡的螺旋狀平緩坡道走下去，便來到巨大水族箱的正前方。

無數的小魚群翩翩起舞，一開始是迅速游動，途中又突然停止前進，每一次的轉向，都令那一條條魚兒的身體，反射出不同的銀色光芒，就像是一個萬花筒。讓人無法預測的牠們，攜手表演的這場舞蹈，令諸多遊客情不自禁地停下腳步。

「這真是壯觀耶。」

陽斗也看得目瞪口呆，說出跟小學生沒兩樣的感想。

陳設在水族箱一旁的告示牌，上頭寫著這裡面養了大約八千隻斑點莎瑙魚。根據內容，包含牠們在內，於大水族箱中展示的各種魚兒，棲息地都在先前看見的那片海洋……也就是相模灣裡。

巨大的魟魚優雅地轉身，環繞在水族箱的外圍。下方能看見一隻頭部突起的鯊魚，身軀左搖右擺地往前游去。裡頭還有身體像河豚鼓起的魚兒，以及看起來十分美味的鯛魚。形形色色的魚兒，精力充沛地優游在水族箱內。畢竟數量已達到此等地步，想找出告示裡介紹的所有魚類，老實說是有點困難。

「不過挑在這種時期轉學，當真是很罕見呢。」

瑛太從說明的告示牌上移開視線，抬頭發現依子就站在旁邊。

「記得你搬到九州時，也是在這個時期對吧？」

美緒從旁補上一句。

「是福岡。」

瑛太為了讓位給後面的觀光客，從告示牌前退開，美緒和依子也緊跟在後。稍稍向後退，綜觀整個大水族箱，又給人一種不同的魅力與魄力，宛若在欣賞一個播放著海洋生態的巨型螢幕。

「福岡也位在九州吧。」

「是沒錯啦。」

「你跟相馬、夏目同學三人，是就讀同一所國中吧？所以今天算是一場小型同學會嗎？」

開口提問的依子，望向仍站在大水族箱前的陽斗與葉月的背影。正確說來，是陽斗那緊張到全身僵硬的背影。

「基本上算是情勢所逼。」

一臉困擾的美緒，以莫名自嘲的語氣回答。

由於瑛太也同意這句話，因此默默地點頭以對。

「妳說情勢所逼，果然是因為那兩人的關係嗎？」

原先看著瑛太與美緒的依子，意有所指地將視線移回陽斗他們身上。

「沒想到相馬居然對葉月有意思耶～」

依子揚起嘴角賊賊一笑，再再證明她早已看出陽斗為何邀請葉月一起出來玩。

不過依照陽斗目前的表現，根本算不上是有所進展。事實上，他幾乎是無法好好跟葉月說話。

「喔，大隻的過來了。」

好不容易才開口的陽斗，卻只說出這種台詞。

「真的耶，那應該是寬紋虎鯊。」

「妳對魚類很有研究嗎？森川。」

「是我弟弟很喜歡海生物，所以經常拿圖鑑給我看。」

「喔～」

「……」

「……」

原先以為兩人終於打開話題，結果馬上陷入沉默。

「他在搞什麼嘛。」

這股聲音來自瑛太的身旁。他扭頭看去，美緒的側臉映入眼中，她看似對於眼前的狀況感到很傻眼，不過隨即就斂起表情，稍稍揚起嘴角露出微笑。美緒就這麼維持著那張刻意擠出來的笑容，大步流星地走向那兩人。

「我們一起來拍張照吧。」

美緒向陽斗和葉月如此提議，半強迫地開始與他們自拍。

「話說相馬你的手那麼長，由你來幫忙拍啦。」

「哪有，我的手與常人無異。」

「啊、沙丁魚群游過來了，快點快點。」

美緒刻意催促著陽斗，成功趁亂使用陽斗的手機拍照。

在這之後，美緒代替不擅長引導話題的陽斗，向葉月請教她弟弟的事情，也順便打聽出她還有個妹妹，以及她在退社後仍前往管弦樂社，陪伴學弟妹們進行練習，眾人輕鬆地聊著各種話題。不管是在深海生物區，或是熱帶區的魚群前……美緒都像是想幫兩人牽線似地帶動話題，讓他們得以交談。

美緒的態度極為自然，不過她那機靈的表現，看在瑛太的眼裡，只覺得她相當笨拙，反倒讓人莫名心痛。

那副模樣，根本是太習慣於蒙騙自己的心。

對瑛太而言，他其實更想對美緒說「妳在搞什麼嘛」這句話。

但是瑛太不會說出來，因為一旦付諸實行，只會換來「不必你雞婆」這種回答。因此，他為了避免自己繼續操心那些多餘的事情，於是盡可能將注意力放在魚兒身上。在欣賞企鵝秀時，瑛太給予熱烈的掌聲，同時掩飾自己的肌肉痠痛。當然企鵝們優游在水中搶食的畫面，實際上是真的十分精彩。

「接下來，戶外舞台即將表演海豚秀，懇請各位嘉賓前來欣賞。」

企鵝秀結束後，飼育員便引導群聚在一起的觀光客，沿著通路往前走。

「我們也快走吧。」

大概是拜美緒所賜，陽斗此時已不再那麼緊張，率先向眾人如此提議。陽斗帶頭走在最前面，葉月和依子尾隨在後，當瑛太也不加思索地準備跟上時，美緒忽然說了一句「啊、糟糕」，連忙停下腳步。

在瑛太回頭之前，肩膀被人從後方抓住。美緒縮起身子，把瑛太當成障礙物般地躲在身後。

「妳怎麼了？」

「你有看見那個穿著白色外套……跟男友走在一起的女生吧？她是我的同班同學。」

美緒越過瑛太的肩膀，窺視著通道的深處。瑛太順著她的視線看去，確實有一名勾著身旁男性手臂，身穿白色外套的女生。

「跟我來。」

瑛太拉著美緒的手，逃跑似地沿著原路往回走，來到了水裡飄滿各種水母的水母區。此區域的中心是個球形水族箱，其他許多大小不同的水族箱，以扇形排列在周圍。配合聖誕節的氣氛、運用特殊打光所呈現出來的水母們，顯得莫名有神祕感，讓人恍如置身在其他遙遠的星球上。

瑛太站在現場最大的水族箱前，心不在焉地欣賞水母。不對，他其實是真的沒在欣賞，而是看著美緒。站在身旁、相距一公尺左右的美緒，此時看在瑛太的眼中，猶如投射在水母水族箱裡的立體投影。

「剛才那是我班上的朋友，其實我最近基於大學招考的關係，把她們相約一起出去玩的邀請全推掉了……」

美緒像是忽然想起般，開口如此解釋。

「妳只要說自己是來放鬆一下就好啦。」

「但我昨天還推掉與她們去唱卡拉ＯＫ。」

「既然如此，妳也拒絕今天的出遊……」

假如美緒的心意直到現在都未曾改變過，今天前來赴約時，心境應當十分複雜。

「在那種情況下，你有辦法拒絕嗎？」

瑛太與倒映在水槽裡的美緒四目相交。

「……」

瑛太之所以沒有回答，是因為他此刻與美緒站在這裡交談，本身就是比言詞更具說服力的答案。他相信美緒應該也明白這點。

美緒先一步移開視線。瑛太注視著水槽，反射性地看向其中一隻優游的水母。

由於氣氛尷尬，瑛太下意識地取出手機，這才發現有收到ＬＩＮＥ的訊息。

「是相馬嗎？」

美緒斜眼看向瑛太，如此提問。

「他問我們跑哪去了。」

瑛太回應美緒的同時，也為了回覆陽斗而操控手機。

「不必說我們去哪了。」

美緒不感興趣地冷冷說出這句話後，瑛太便停下打字的手指，將『我們在水母』這則輸入到一半的句子刪除。緊接著陽斗又傳來『海豚秀開始囉』的訊息，但是瑛太沒有點開內容，直接將手機收進外套的口袋裡。

兩人不發一語地欣賞著水母。

「……」

「……」

水母們宛若忘了何謂重量，輕飄飄地往上浮。在燈光的點綴下，營造出一個沒有真實感的奇妙世界，不過他們仍置身在現實裡。

「那個。」

美緒輕聲地開口。

「什麼事？」

瑛太做出回應，同時繼續注視著水母。

「你沒說出去吧？」

伴隨這句話，瑛太能感受到美緒的視線。此時的美緒，望著倒映在水槽上的瑛太。

「什麼意思？」

「就是那件事。」

「是哪件事？」

瑛太其實知道美緒想表達的意思，正因為明白，才反射性擺出裝傻的態度。瑛太認為美緒並不想主動聊起這個話題，才出於直覺地撒謊騙人。

為了掩飾有些浮躁的心情，瑛太取出手機替水母拍照，然後以相片回覆陽斗那則「你們跑哪去了？」的訊息。

「你不知道的話就當我沒說。」

口頭上是已經不再追究，可是從美緒的眼神中能看出她仍未釋懷，一臉不滿地看著瑛太。

瑛太以手機畫面擋在這道視線的前方。

「是陽斗傳來的。」

水母照片換來的回應，是以海豚一口氣躍出水面為背景，有陽斗、葉月與依子的自拍照，緊接著又補上『你們趕快過來啊～』的訊息。

「真羨慕他們玩得那麼開心……」

語畢，美緒便將目光從手機螢幕上移開，擺出一副事不關己的態度。

「你也快去跟他們會合吧，泉。」

美緒把臉靠近水母的水族箱，凝視著位在深處的小水母。

「不必了……反正我肌肉痠痛。」

「這是哪門子的理由，一點關係都沒有吧。」

美緒輕笑出聲，表情漸漸放鬆下來。這是她今天首次自然流露的笑容，瑛太不禁想把她與水母一同拍進照片裡，但最後還是打消了念頭。因為如果這麼做，他相信美緒又會立刻變得很不開心。

2

「好討厭的表情喔～」

看著照片裡一臉陪笑的自己，美緒心情沮喪地發出嘆息。手機那小小的螢幕裡，顯示著昨天在水族館裡拍下的照片。

最後美緒與瑛太都錯過了海豚秀，兩人在脫隊一個小時後，才與陽斗等人會合。在這之後，一行人先在館內的咖啡廳休息，接著前往禮品店慢慢挑選水族館系列商品與特產。

當他們走出水族館時，夕陽也已經西下了。

由於剛好正值江之島一年一度的點燈節期間，因此即便無人特地提議，大家仍很有默契地一起前往海灘拍照。

在臥房裡念書的美緒，趁著休息空檔開啟的這張照片，就是在那時拍的。

站在最前面的人，是雙手伸向鏡頭的陽斗，三名女孩子則是站在正中間。葉月的神情之所以顯得有些困惑，感覺上應該只是不習慣拍照的關係。反觀她身旁的依子，是露出滿面的笑容。美緒同樣展現上相的笑容。至於站在最後面的瑛太，則是一臉心不在焉的模樣，說穿了根本沒有看向鏡頭。

這是陽斗使用手機前鏡頭拍下的照片，所以五個人只能擠在狹窄的框框裡，勉強完成拍照。拜此所賜，由藝術燈裝飾而成的江之島，有一半沒能照進來。

美緒之所以會取得這張照片，是在水族館裡拍下的照片後，大家有互相交換ＬＩＮＥ的ＩＤ。五人在欣賞江之島的點燈節時，也順水推舟建立通話群組。

即使到了今天，群組內的氣氛也比想像中更為熱絡，眾人從剛才起就以『下次要再去哪裡玩嗎？』、『喔，好啊』進行對話的依子與陽斗為中心在聊天。當話題漸漸偏向要相約出去玩時，葉月體貼地問了一句『夏目同學，大學招考準備得還好嗎？』不過以這句話為開端『那要去新年參拜嗎？』、『這主意不錯喔，保佑考試合格！』就這麼安排好下次的聚會了。

由於大家是出於好意，導致美緒不便推辭，再加上她也很想去神社祈求考試順利，因此美緒在ＬＩＮＥ的群組裡發送了『ＯＫ～！』的貼圖。

從頭到尾，就只有瑛太一人保持沉默，不過訊息已讀人數為「４」，所以他應該有看見訊息。

「泉那傢伙，昨天肯定是在裝蒜。」

就讀國中時，唯獨瑛太注意到美緒對相馬陽斗的情愫。為了叮囑瑛太不許多嘴，美緒點選他的登錄名稱『ＥＩＴＡ』。

在寫好訊息發送出去後，又追加一個貼圖。

畫面隨即顯示已讀，但是經過數秒仍沒有回應，在等待了一分鐘之後，手機終於發出震動，結果卻不是ＬＩＮＥ收到訊息的通知，而是有人來電。事實證明，電話不是瑛太打的，因為螢幕上顯示著『小宮惠那』這個名字。

心生困惑的美緒，將手機貼在耳朵上。

「喂。」

『啊、會長。』

話筒中傳來惠那開朗的聲音，刺激著美緒的耳膜。

「嗯，有事嗎？」

『妳知道相馬學長的LINE嗎？』

惠那隨口說出的名字，徹底出乎美緒的意料之外。面對這出其不意的狀況，她的心臟劇烈地跳動一下。

「為、為什麼忽然問我這個？我不知道。」

因為彷彿心事被人看穿的焦慮感，導致美緒在情急之下撒謊。

『咦～我還以為會長會知道耶。』

「為何妳覺得我會知道呀？」

美緒從未與惠那聊過與戀愛有關的話題，更何況自己從國中時期起的單相思，除了瑛太以外沒人知道，令她不由得提高警覺。

『咦？畢竟你們是同班同學啊。』

惠那給出的理由十分普通。美緒聽見後，心情才慢慢平復下來，感覺上終於變回平時的自己。

「是沒錯啦，但是這理由很牽強喔。話說回來，妳找相馬有什麼事嗎？」

『我想把學長他們的照片寄去參加比賽，因此必須先徵求他們的同意。這件事關乎攝影社的未來！我相信那張照片能夠得獎，所以我死都要用它參加比賽。』

惠那執著坦率的情感，隨著電波傳進美緒的耳裡。她這種坦然面對自身心情與衝動的態度，莫名讓美緒感到既羨慕又耀眼。

所以，美緒有點不想面對惠那。

「……嗯。」

『啊，會長在念書吧？抱歉，那我先掛電話囉，謝啦。』

「不是的，妳等一下，其實……」

美緒話才說到一半，電話就已經切斷。其實她是想說出實話。先前讓她覺得吵雜的手機，此刻已是鴉雀無聲。

「……我也不是故意的，誰叫她問得那麼突然。」

時機真的太不湊巧了。

美緒從椅子上起身，整個人趴倒在床上。

美緒維持趴下的姿勢，操作著放在面前的手機。她打開ＬＩＮＥ，只輸入『現在有空嗎？』短短幾個字，打算發送訊息給陽斗。當她準備按下傳送鍵時，手指卻停下動作。在經過一陣猶豫後，她忽然開始煩惱自己會不會太裝熟、畢竟昨天才剛得知對方的ＩＤ等各種瑣事，最後將輸入的內容全數清除。取而代之，她再次點擊『ＥＩＴＡ』這個ＩＤ。

3

——膽敢說出去的話，我就宰了你。

美緒最初傳來的訊息，就某種角度上來說，確實令瑛太感到心頭一震。

緊接在這則訊息之後，又傳來一張貼圖。圖案是一隻小兔子拿起釘子，正準備釘向一個草人，畫面極為詭異。

「……這是哪門子的貼圖啊。」

一般來說，這是「叮嚀對方」的冷笑話，但是瑛太覺得這實在不合時宜，而且也讓他笑不出來。

瑛太原本有打算回應，但問題是昨天已假裝聽不懂美緒在說什麼了，如今豈能用「了解」的貼圖做為答覆。話雖如此，再去反問美緒究竟想說什麼，根本是畫蛇添足。

——這下該如何是好？

身處在完全沒被整裡過的搬家行李之中，瑛太來回煩惱著，此時手機再次收到訊息。

——你今天有空嗎？

依照字面上來看，應該是美緒想約瑛太出去，然後好好修理一頓。以情況而言，也只有這個可能性，不過隨後傳來的訊息，卻超乎瑛太的想像。

——有件事想拜託你，一定要回覆我喔。

這或許是陷阱，以上想法瞬間閃過瑛太的腦海。就算真是這樣，在看見這段訊息後，瑛太的心中早已有答案了。

——是有空啦，幹嘛？

會合地點在藤澤車站的北側出口。此處是人口超過四十萬人的市中心。ＪＲ、小田急線與江之電鐵等三條列車路線交會在此、熱鬧非凡的車站周邊商店，都已被布置得很有聖誕節氣氛，讓人能感受到年末將至。

被冬季的寒風吹得縮起身子的瑛太，正在前往北側出口的途中，於BIC CAMERA入口不遠處的天橋上，發現美緒孤零零地站在角落。

「啊、泉。」

美緒在發現瑛太後，便揮手打招呼。唯獨這短短一瞬間，他們在旁人眼裡，應該像是一對男女朋友相約見面。此刻，瑛太總覺得能隱約感受到來自路上行人的目光。

「抱歉突然約你出來。」

「無妨，反正我很閒。」

瑛太走到美緒的身邊，以背部靠在天橋的扶手上。

「有個學妹想聯絡相馬，她等等就會來這裡……麻煩你幫她聯絡一下。」

瑛太自認有聽懂這句話，可是仍對美緒為何說這種話感到不解。

「……啥？」

導致他不由得做出這種脫線的反應。

「就是有個學妹想找相馬，你代為聯絡一下。」

美緒顯得有些惱怒，一臉像是想抱怨瑛太怎麼會聽不懂。

「那個，這究竟是怎麼回事？」

美緒應當也知道陽斗的聯絡方式，畢竟大家是昨天才剛交換的。

「虧你有推甄上大學，腦袋還這麼不靈光。」

態度毫無保留的美緒，將不滿全寫在臉上。

「由夏目妳幫忙聯絡陽斗不就好了？」

瑛太無論怎麼想，都不明白為何會找上自己，根本是多此一舉。

「我……不方便。」

面對這合理的質疑，美緒撇開視線，忽然變得吞吞吐吐。

「為什麼？」

「……因為我要準備大學招考。」

美緒似乎也有自覺，這個理由太過牽強，因此她別過頭去，刻意露出鬧脾氣的表情，像個孩子般地擺出「你就別再問了」的模樣。

「這跟大學招考毫無關係吧？」

「總之，這件事就交給你了。」

美緒以不由分說的口吻，將瑛太的聲音蓋過去。依照她那莫名焦急、對自己感到不耐煩的態度，她說什麼都不想與陽斗聯絡。明明她聯絡自己時，就沒有這種顧慮，這令瑛太感到很不是滋味。

「我是無所謂啦。」

因此，瑛太以略顯賭氣的語調回應。

想當然耳，兩人之間瀰漫著一股尷尬的氣氛。

「看到了，是會長！」

此時，突然從旁傳來一股清脆的說話聲。

「來了，就是她。」

美緒對呼喚聲作出反應後，瑛太也跟著望向車站。結果，看見一名髮色比美緒更加明亮的女孩子，快步跑了過來。此人穿著短版的羽絨衣，配上一條輕便的牛仔褲，能從她的表情與眼神中，感受到遠比其外表更活潑的生命力。

「啊、小宮學妹，這位是……」

瑛太在美緒的介紹下，與該名女性四目相交。那雙顧盼生輝的眼眸，就近欣賞時，更是能強烈感受到她的活力。由於瑛太不善交友，因此不太習慣面對這種人。

明亮眼眸中倒映著瑛太的她，一瞬間皺起眉頭，表情充滿疑惑，不過下一秒，她就像是發現寶物般地眉開眼笑，把臉湊到瑛太的面前。

「捕獲神祕轉學生！」
少女伸出手來，緊緊抓住瑛太的雙手。
「你們認識嗎？」
美緒質疑地望向兩人。
「嗯。」
「不認識。」
少女與瑛太同時說出恰恰相反的答案。
「現在到底是怎樣？」
不出所料，美緒露出一副傷透腦筋的模樣。
自稱小宮惠那的少女，認為繼續站在這裡說話也不是辦法，便自作主張帶著瑛太與美緒，前往附近的家庭餐廳。
他們以男女分開的方式，坐在四人對坐的座位上，每個人都只點了飲料。在餐點送來之前，瑛太原則上已經得知自己被找出來的理由了。
「攝影社即將被強制廢社，必須在比賽中獲獎，社團才能夠維持下去……簡單說來，妳是想使用我跟陽斗的照片參加比賽是嗎？」

「沒錯！」

惠那越過餐桌，朝著瑛太探出上半身。瑛太根據對方貼近的距離向後退去，將身體靠在椅背上。

雙方才見面不到幾分鐘，名為小宮惠那的少女所散發出來的活力，已令瑛太有些不知所措。假設每個人身上都搭載一台引擎，感覺上惠那所具備的馬力，與瑛太以及美緒是截然不同。

「這些照片拍得真好看，簡直像是攝影師拍的。」

坐在惠那身旁的美緒，看著擺放在桌面上的數張照片。那些都是惠那拍的，至於被拍攝的對象，是瑛太前往柏尾川高中與校方人員打招呼那天，以一個打席決勝負的瑛太與陽斗。

無論是瑛太使出渾身解數的投球、陽斗的全力揮棒、看著球被打擊出去的陽斗與瑛太、充滿欣喜的側臉、茫然失措的臉龐，以及心情大好的陽斗，直接飛撲到瑛太身上等一連串的反應，全都生動地收進照片中。

與瑛太拿起手機隨手按下快門的照片，可說是天壤之別。

「總覺得比本人還帥。」

美緒甚至說出這句話來數落瑛太。這些照片真的像是出自攝影師之手。

「……既然照片是要寄去參加比賽，表示會被很多人欣賞吧？」

瑛太坦率說出自己所顧慮的問題。

「沿著河川往下游走，會遇到一棟會館吧？」

「妳說市民會館嗎？原來是在那裡展覽呀。」

美緒幫忙解釋後，惠那回說：「沒錯，就是那裡！」

「既然是在學校附近展覽，就有可能會被熟人看見，所以恕我拒絕。」

瑛太同意這些照片都拍得很好，但要把自己的長相暴露在大眾面前，事情就得另當別論了。

「咦～為什麼？」

「我不想受人矚目，感覺上很丟臉。」

「這些照片都拍得很好看呀，你就幫幫她嘛。」

「如果被拍的人換成是夏目妳呢？」

「這個嘛……對我來說太勉強了。」

「俗話說己所不欲，勿施於人。」

「我的回答不是那種意思……而是我不會有露出這種表情的瞬間。」

美緒不滿地撇開視線，一臉像是被迫說出不願提及的事情。

「……」

「……」

對話至此告一段落，現場陷入尷尬的沉默。

為了轉移注意力，瑛太喝了一口飲料。隨後，口袋裡的手機發出震動。瑛太以近乎反射動作地取出手機。

美緒也在同一瞬間注意到什麼似的，從包包中拿出手機。

兩人手中的手機，幾乎同時發出斷斷續續的震動。

他們打開ＬＩＮＥ之後，理由可說是一目了然。

昨天在ＬＩＮＥ裡開創的群組，接連收到許多訊息。分別是陽斗、依子與葉月三人正在交談的一連串訊息。內容大致上，是葉月與依子現在剛好要牽狗去散步，陽斗準備與她們會合。

接著，唯獨瑛太收到其他訊息。

——記得相馬怕狗吧？

傳送者是坐在眼前的美緒。

——之前是這樣沒錯，現在就不清楚了。

瑛太回覆後，美緒一臉心領神會地將手機放在桌面上。

惠那好奇地來回觀察著瑛太與美緒。

「你們在交往嗎？」

然後，口吻天真地如此提問。

「我們沒在交往。」

美緒以斷然的態度出聲否定。

「是這樣嗎～」

反應曖昧的惠那，一副像是有話想說的樣子，注視著沒有回話的瑛太。

瑛太決定搶在惠那多嘴之前，回到原先的話題上。

「總之就是這樣，我不想讓自己的照片被拿去參加比賽。」

「即使導致攝影社廢社也沒關係嗎？」

惠那將雙手撐在桌上，拚命把臉湊到瑛太的面前。周圍的客人還以為發生了什麼事，紛紛斜眼瞄了過來。

「……老實說，我是真的不在意。」

這件事對瑛太而言，當真與他一點關係也沒有。

「我明白了，今天就先暫時放棄。」

惠那出乎意料地不再堅持，不過她那句「今天就先暫時放棄」，令瑛太十分在意……

「麻煩妳從明天以後也同樣如此。」

「明天的事情全是未知數，我們來交換一下ＬＩＮＥ的ＩＤ吧。」

惠那左右搖晃著自己手中的手機。那是為了利用ＧＰＳ來交換ＩＤ，由於瑛太一直將ＧＰＳ設定成關閉，因此從未使用過這項功能……

瑛太朝著美緒露出求救的眼神，不過此次的眼神交流並沒有奏效。

「我還要去補習班，所以先走了。」

美緒將五百元銅板放在桌上，起身離開座位。

在這種情況下，瑛太並不想與惠那兩人獨處。

「那我也該離開了。」

瑛太拿起收據，也跟著站起來，當他準備走向收銀台時，卻被人從背後拉住。他回頭望去，發現是惠那拉住自己的手臂。

「明明你都跟會長交換ＩＤ了。」

即便交換ＩＤ一事是出於碰巧，惠那卻以意有所指的方式強調出來。相信惠那的意思，並非是想說美緒對瑛太而言是特別的存在，他卻下意識地如此認為。因此瑛太覺得這種時候，還是趕在對方繼續追問之前，趕緊逃離現場會比較好。

「我還有事要忙。」

瑛太堂而皇之地撒謊，連忙離開家庭餐廳。

瑛太走出家庭餐廳後，隨即與美緒分道揚鑣。邁步走向車站的瑛太，原先打算前去搭公車，最後卻打消念頭，決定一路步行回家。

自從一個打席的比賽輸給陽斗，一股想重新鍛鍊身體的衝動，在瑛太的心中燃起熊熊烈火。就是因為想起此事，他才做出這個決定。從這裡走回家，大約需要三、四十分鐘的時間，對於仍在肌肉痠痛的身體來說，這樣的運動算是剛剛好。

瑛太擺動手臂，還是能感受到上臂至背後的肌肉不太舒服，不過沒有痠痛到會影響動作，看來復原得很順利。

邊走邊確認身體狀況的瑛太，不到五分鐘便將注意力從身體逐漸轉移至其他事情上。

他感受到有人與自己保持大約六、七公尺的距離尾隨在後。

瑛太駐足轉身看去，小宮惠那一副像是毫無愧疚感的模樣，朝他揮了揮手。

惠那頭上戴著附有護目鏡的安全帽，推著機車走了過來。

「啊、不必在意我，你還有事情要忙對吧，泉學長。」

惠那搶在一臉若有所思、想出聲抱怨的瑛太之前開口說話。

被人堵住退路的瑛太，只得把想說的話吞回肚裡，再度邁步往前走去。

惠那沒有向瑛太搭話，也沒有接近他身邊，就這麼默默地跟在後面。

——她究竟想跟多久？

總覺得像是被人監視著的瑛太，心情難以平靜下來。

「我可以報警吧？」

瑛太很快就再也忍不住，於是頭也不回地這麼說。

「撒謊是墮落為小偷的第一步喔。」

真是一記極其狡猾的反擊。光是一句話就被堵得啞口無言的瑛太，只能縮起身子，窩囊地向前走。

途中，瑛太被紅綠燈絆住腳步時，手機冷不防發出來電鈴聲。是陽斗打來的。瑛太按下通話鍵接聽電話。由於他原本就想找事情轉換心情，因此這通電話來得正是時候。

「若是你想曬恩愛，那我就掛電話囉。」

才剛接起電話，瑛太就撂下這句話。根據剛才在家庭餐廳裡看見的ＬＩＮＥ對話紀錄，陽斗應當準備與正在帶狗散步的葉月跟依子會面，如今卻特地打電話過來，表示他已有進展，或者……

『情況是恰恰相反……』

話筒中傳來陽斗的聲音，語氣聽起來很沮喪。

「什麼意思？」

『你知道我很怕狗吧？』

陽斗的嗓音有氣無力，彷彿靈魂已經出了竅。

「看你在ＬＩＮＥ裡信誓旦旦說『我馬上去！』，我還以為你已經克服了。」

『誰會特地去克服這種事啊。』

原先還以為陽斗會自暴自棄，結果是深深地嘆了一口氣。

「既然這樣，你別去不就好了？」

『我想見森川嘛……』

陽斗以略顯鬧彆扭的語氣說著，話中的情感卻是直率無比，反倒是聽見這句話的瑛太，感到有些害臊。

『我不行了，好想去死。』

「你也太誇張了吧。」

『我當著森川的面發出慘叫，還一屁股跌坐在地喔？都是因為那隻狗忽然吠了一聲。』

「嗯，聽起來確實挺搞笑的。」

事實上，瑛太是稍微竊笑幾聲。依照ＬＩＮＥ傳來的照片，葉月養的狗看似是一隻米格魯小獵犬，體型並沒有多大。可是體格健壯的陽斗，被這樣的小狗吠了一聲，嚇得一屁股跌坐在地上的畫面，光是在腦中想像，就讓人覺得很可笑了。

『我說你啊……啊～不過乾那傢伙，給我在那邊捧腹大笑。』

依照依子的個性，是能夠理解她會出現這種反應。

「森川同學呢？」

『……印象中是沒有笑我。』

陽斗摸索自己模糊的記憶，慢了一拍才回答。葉月當時露出傷腦筋的模樣，應該是想提醒依子不可以這樣嘲笑人。儘管瑛太只是根據之前一起參觀水族館時的印象來判斷，不過葉月看起來確實像是有著這樣的個性。
「那麼，我想她應該並不介意吧？」
『但是她有養狗，應該不會喜歡怕狗的人吧。』
「大概吧，但我認為應該沒這回事喔？」
至少瑛太就認識一位這樣的女性，那個人明明有養狗，卻對怕狗的男生抱有好感。記得夏目美緒的家中，養了一隻拉布拉多犬。
「陽斗，如果你介意的話，要不要想辦法克服呢？」
『果然還是逃不過這關。瑛太，拜託你幫幫我！』
瑛太以半開玩笑的口吻提議，竟換來陽斗極為認真的答覆。
「就算你拜託我，我家也沒養狗啊。」
紅燈已變為綠燈，瑛太準備與其他行人一起向前行，但最後卻辦不到，因為他被後頭傳來的呼喚聲留住腳步。
「假如需要狗的話，可以交給我喔。」
瑛太回頭望去，越過肩膀看見惠那露出一張得意的笑容。
『嗯？有誰在你旁邊嗎？』

陽斗提出疑問。

「只要學長跟我交換LINE的ID，我就願意幫忙。」

惠那揚起嘴角，露出一臉燦笑，看起來心情大好。瑛太也不知是基於何種原因，總覺得惠那的表情，看起來像是勝券在握。

『瑛太？』

「抱歉，我晚點再打給你。」

『啥？嗯，明白了。』

聽見陽斗一頭霧水仍勉強接受說詞的回應後，瑛太便切斷電話，接著轉身面向惠那，同時用手指操作手機。

「我是不會同意讓妳拿我的照片去參加比賽。」

瑛太開啟LINE的QR碼之後，將手機拿到惠那的面前。

「這件事就晚點再說吧。」

惠那踩下機車的立架，踏著雀躍的腳步來到瑛太的身邊。瑛太正想說惠那是要來掃描QR碼，她卻開始操作手機。

隨後，瑛太的手機發出震動，是LINE收到了ID為『ENA』傳來的訊息。在他開啟LINE時，一個寫有『請多指教！』四個字、將貓掌伸向螢幕的貓咪貼圖，隨即出現在畫面上。

「泉學長真是個好人，我很喜歡喔，比方說你為了相馬學長，願意和我交換ID。」

「我反倒不習慣面對小宮學妹妳，比方說妳會大膽講出這種話。」

瑛太在LINE回覆一句『請多指教』後，直言不諱地說出心底話。他覺得自己是因為惠那坦然的態度，才會跟著做出這種反應。換作是往常，瑛太對於第一次見面的對象，絕對不會這麼口無遮攔，就算並非初次見面的對象，他也不會說出這種話。

「那麼，我去安排一下狗的事情，先走一步囉，拜拜～～」

惠那跨上機車，催下油門便逐漸遠去。瑛太下意識地注視著惠那的背影，並且開始思考她剛才說的一席話。

惠那提到「瑛太為了陽斗而交換ID」，不過事實當真是這樣嗎？

陽斗之所以想克服怕狗，是想拉近與葉月的關係，當他們的關係有所進展，美緒又會作何感想？瑛太明知美緒的心意，仍執意幫助陽斗，這真的算是為了陽斗嗎？

「……」

瑛太懷疑自己為何會在意這種事情，也搞不清楚自己的心情。不對，他其實早已明白，是自己不願正視這股心情罷了。

這幾天……應該說是短短幾天，有許多機會能釐清這件事，無論是那天在學校與美緒重逢時、目睹美緒露出與當年一樣依依不捨的側臉時、交換ＬＩＮＥ的ＩＤ時、欣賞與美緒一起合拍的照片時、與美緒首次互傳訊息當時，甚至就連今天相約出來見面，瑛太像這樣傻呼呼地前來赴約，也並非單純基於自己閒來無事。

——既然如此，我又是基於什麼理由？是基於何種理由來赴約？

想解開這個問題，其實非常簡單。

瑛太早已知道答案。

因為她是夏目美緒。

原則上，根本無須再花時間比對答案了。

Chapter 3

Full swing

1

瑛太抬頭仰望、映入眼簾的那片天空，有著棉絮般薄薄的一層雲，無止盡地向外延伸。縱然能隱約看見藍天，但太陽的熱氣卻無法達到地面。拜此所賜，即使時間已來到下午，也不見氣溫有所升高。

這天是已接近年末的十二月二十六日。

天氣預報標示著晴朗的圖案，這情況卻跟陰天沒兩樣。

瑛太此刻的心情，就與這種半吊子的天氣差不多，他陰鬱地坐在公園的長椅上。放眼望去，只見一片缺乏生氣的冬季原野。

位於大自然之中的鎌倉中央公園，包含田野、林間步道在內，是一座號稱佔地約有五個東京巨蛋大的公園。對於當地居民而言，這裡不僅能當作慢跑路線，也是帶狗散步的好去處。

此刻也有來來往往的人，從坐在長椅上的瑛太背後快步跑過。每當與其他慢跑者錯身而過，當地居民都會簡單地互相打招呼，是一個完全融入當地人生活的公園。這裡很適合讓人放鬆打發時間，度過一段悠哉的時光。但是今日瑛太並非因為太過悠閒，打算輕鬆度過一天才來到這座公園。

「那個，小宮學妹。」

瑛太呼喚著站在長椅旁的惠那。

「嗯～？」

惠那架起相機，心不在焉地回應，注意力全放在鏡頭的另一端。

「妳說過『狗的事情交給妳』對吧？」

「對啊，所以你自己看，我可是辦得妥妥的。」

接連傳來快門聲。惠那將相機對準的方向，是距離兩人約十公尺遠的原野上，那隻乖巧坐在原地的拉布拉多犬。一旁能看見想伸手摸狗的頭，卻又怕到兩腿發軟的相馬陽斗，以及用狗繩拉著愛犬拉拉的夏目美緒。

惠那確實幫陽斗安排了能跟狗親密接觸的機會，但是瑛太卻對她的手段頗有微詞。

為何她什麼人不找，偏偏是去拜託美緒？

美緒也不知基於何種考量，竟然答應來幫忙。陽斗想克服怕狗的理由，相信美緒應該心知肚明，因為那天在ＬＩＮＥ群組裡的對話，美緒也同樣有看見。

「拉拉很乖巧，不會亂咬人的。」

瑛太完全搞不懂美緒是基於何種心態，才一口答應來陪陽斗進行特訓。她取笑著一臉孬樣的陽斗，卻又開口鼓勵陽斗……以同班同學的態度面對陽斗。看著美緒的笑容，反倒是瑛太的心情難以平復。

「夏目還要參加大學招考，妳別把她捲進來。」

瑛太把目光從不願再多看一眼的畫面上移開，以帶刺的語氣提醒惠那。

「決定來幫忙的人是美緒學姊，她說剛好可以順便帶拉拉來散步。」

惠那放下相機，視線移到瑛太的身上，不以為意地發出「哼哼～」的竊笑聲。

既然是美緒自己答應前來幫忙，確實是沒有任何問題，不過瑛太看見美緒與陽斗相處在一起時，就有一股近似於焦慮的心情湧上心頭，於是被這股浮躁的心情牽著鼻子走，多嘴地補上一句話。

「夏目她這個人，就是耳根子特別軟。」

在國中當時也一樣，瑛太記得美緒會參加委員會與學生會，不光只是基於自己的意志，因為班上沒人想做、自己去年也擔任過等各種緣故，才決定接下這些工作。

「難道泉學長有什麼理由，不方便與美緒學姊相約一起出來嗎？」

聽完惠那的這番話，瑛太才發現自己感到些許惱怒，而且似乎把這股心情表現在態度上。他覺得就是基於這個原因，惠那才會提出這個疑問。她的直覺很敏銳，十分仔細地觀察著瑛太。

「……」

瑛太原本想以「沒有那回事」來否認惠那的提問，最後只是默默地從長椅上起身。畢竟現在無論說什麼，感覺上語氣都會有點凶，於是瑛太把話吞回心裡。因為現場隨即傳來陽斗的慘叫聲，所以有一部分的理由，是他們沒空繼續討論這件事。

「嗚哇！別過來！就叫你別過來啊——！」

扭頭望去，能看見陽斗發出慘叫，使盡全力在逃命。而開心追在陽斗身後的，是快速奔跑的拉拉。

「抱歉，相馬！」

似乎是美緒不小心放開狗繩，導致她此刻也拚了命追趕在後，不過她別說是追上拉拉，反倒還越離越遠……

陽斗雖然已經退出棒球社，直到現在仍每天都有練習揮棒。陽斗與自家愛犬的全速奔跑，身為應屆考生的美緒，當然不可能追得上，她很快就氣喘吁吁地停下腳步，接著猛然扭頭看向瑛太。

「泉！你也去幫忙抓住拉拉！」

「為何是我？」

「快點啦！」

被美緒這麼一吼，瑛太只能乖乖從命。

陽斗繞著半枯萎的草原拚死逃跑，瑛太穿過草原中央，從後方急起直追，在超過大口喘氣的美緒後，將手伸向拉拉的狗繩，但在握住的瞬間，狗繩卻從手中溜掉了。

「瑛太！你這個笨蛋！」

越過肩膀朝著後方大吼的陽斗，聽起來已近似慘叫，同時也因為這樣而失去平衡，直接摔倒在地。

拉拉見機不可失，就這麼撲到陽斗的身上，把他的臉全舔了一遍。

「喔哇！你快停下來啊！」

慢一步追上去的瑛太，順手掏出手機，把陽斗與狗嬉鬧的畫面拍成照片。

「快點救我啦！瑛太！」

「我想說需要拍照存證。」

瑛太迅速把拍下的照片，分享至LINE群組。終於從後頭追上的美緒，一把抓住拉拉的繩子。

「拉拉，不行。」

至此，陽斗終於擺脫狗的騷擾，不過似乎因為一直死命狂奔，以及與自己最怕的狗有了親密接觸，導致他耗光體力，直到現在仍沒有起身的跡象。

「我真的對狗沒轍……」

陽斗從口中說出氣餒的感想。此時，LINE群組傳來新訊息，發送者是葉月。

「即使看完這個也一樣嗎？」

瑛太將手機螢幕拿到陽斗的面前。『真是表現得太好了』的貼圖，想必映入了陽斗的眼中。

「……糟糕，我果然很喜歡她。」

陽斗說出最直率的感想。

「下次……一起去新年參拜時，我要向她告白。」

他緊接著說出的一句話，令瑛太感到一陣焦慮，因為美緒就站在旁邊……

依照當下的距離，這句話肯定傳入了她的耳裡。

瑛太擔心地斜眼偷瞄，發現美緒露出略顯落寞的神情，注視著仍躺在地上的陽斗。

2

「我想再跟狗相處一下，途中一起走吧。」

散步結束後，陽斗如此表示，接著與美緒肩並肩一起往前走。由於瑛太和惠那回家的方向，從公園就不同路，因此同行的只剩下拉拉。美緒故意把狗繩放長，讓拉拉走在前方一公尺，能夠看見牠以規律的節拍，左右搖著尾巴。望向拉拉的陽斗，神情仍顯得有些緊張。

美緒是第一次看見陽斗露出這種表情。平常他在教室裡，都會和要好的朋友們一起打鬧，發出爽朗的笑聲，或是上課時打瞌睡被老師叫醒，以及偷玩手機遭到老師糾正……以上種種舉動，總會沒由來地逗得全班同學哄堂大笑，而這就是美緒所熟悉，名為相馬陽斗的男學生。

陽斗從國中起就一直如此，讓美緒直到現在仍記憶猶新的一件事，就是發生於國二的期末考期間。當時，教室靜默得只剩下撰寫考卷的聲響，美緒不小心弄掉橡皮擦，橡皮擦在地上彈跳翻滾，就這麼不見蹤影，想找也找不回來，即使寫錯答案想更正，橡皮擦也不在手邊。起先，美緒打算舉手拜託老師幫忙撿橡皮擦，但在考試期間的教室裡，氣氛緊張到容不下一絲雜音，因此她舉起的那隻手，最終仍無法超過肩膀的高度，張開的嘴巴，也發不出任何聲音。

僅僅一次的猶豫，令當時的美緒感到莫名怯懦，就在這時，坐在隔壁座位的男同學將手伸來，說了一句「拿去」，把橡皮擦留在桌上的角落……

這位男同學，名字就叫做相馬陽斗。

在考試期間說話的陽斗，就這麼討了老師一頓罵，不過他沒有提及美緒的困擾，就這麼惹來同學們的笑聲。

與當時相比，陽斗現在看起來更為成熟。那時的他，仍留有少年的青澀感。他也比以前長得更高，美緒必須把臉仰得更高，才可以看清楚他的臉龐。

彼此的關係，到現在都沒有任何變化，就只是不時會交談的其中一名同班同學。像這樣從未改變過的距離感，令美緒感到最為自在，她從很早之前，就已經習慣這種相處方式，甚至是直到最近，她才終於察覺出這點。讓她對此事產生自覺的人，就是突然回到這個鎮上的昔日國中同學・泉瑛太。

「今天謝謝妳喔。」

「……咦？」

美緒驚覺有人對自己說話，於是抬頭望向走在身旁的陽斗。

「我是說，今天很謝謝妳。話說夏目啊，我記得妳要參加大學招考吧，像這樣跑出來沒問題嗎？」

「沒問題，我剛好能夠轉換心情……而且帶拉拉散步，也是家人輪流負責的。」

拉拉毫不理會美緒與陽斗的交談，心情愉悅地大步前行，想必是剛才盡情奔跑玩耍了一番，令牠十分開心。

「這樣啊，不過妳真的幫了我一個大忙。」

「因為還得到了……森川同學的讚美？」

「是可以這麼說啦……」

美緒起先想藉由捉弄陽斗來打開話題，結果卻換來陽斗真心感到害臊的回應。由於這種反應，讓人不好意思繼續戲弄，導致美緒說不出話來。親眼目睹陽斗喜歡上自己以外的女性，迫使美緒無力多說什麼。

「對了，夏目妳呢？」

陽斗像是想強行轉換話題，以開朗的語氣提問。

「你要問我什麼？」

「沒什麼啦，就只是想問妳有在跟誰交往嗎？」

「……我沒有那種對象。」

美緒自認為有維持平常的口吻，但她不清楚自己表現得是否自然。因為忽然聽見這種問題，她露骨地避開了陽斗的目光。

這樣的反應可能令陽斗起疑，為了消除心中的不安，美緒繼續開口解釋。

「我現在滿腦子都想著大學招考的事情，根本沒有餘力去思考那些問題。」

這個理由可說是極為正當，聽在美緒的耳裡，卻覺得自己像是在找藉口。

「但妳總該有心上人吧？」

「……這個嘛，是有啦。」

瞬息之間，美緒十分猶豫該如何回答，不過要是堅稱沒有，聽起來又像在撒謊，最後決定含糊地表示肯定。原因是美緒其實有些好奇，倘若自己回答「有」，陽斗會作何反應。

「是嗎？有也是正常的。」

陽斗釋懷地點頭認同。由於這跟美緒下意識期待的反應不一樣，因此她反射性地把多餘的事情說溜嘴。

「而且算是持續了挺久的單相思。」

「真的嗎？是我認識的人嗎？」

陽斗這次大感意外地開口追問。

「大概吧。」

美緒小聲回答。

「是瑛太嗎？」

此猜測堪稱是錯得離譜的大暴投。滿懷失望的心情，逐漸混入一股憤怒。美緒咬緊下唇，就這麼停下腳步。

「……？」

慢一拍止步的陽斗，扭頭望向美緒。

那雙眼睛，直直地望向美緒。

陽斗的臉上布滿問號，只是不停眨著雙眼。

「夏目？」

「……」

美緒心想，若是現在開口告白，陽斗會露出怎樣的表情呢？他會認真聽自己說嗎？或許他會感到很困擾。想到這裡，美緒忽然有點想惹他傷腦筋。畢竟她從國中起，就一直把這股情感深藏在心中……稍微任性一下，老天爺應該會諒解吧。至少美緒是這麼認為，不過她只是心底這麼想，到頭來沒能說出口。這種事，叫美緒怎麼說得出口。如果她現在可以說出口，相信很早之前就已經告白了。

「相馬……你問得有點太深入囉。」

因此，美緒只能露出困惑的苦笑來蒙混過去，假裝沒有其他事情好說的。

「喔、抱歉，該怎麼說呢？因為只有我對森川的好感被大家知道不是嗎？所以我也想聽聽其他人的情況。」

陽斗害羞地笑著，同時看向路邊的標示。

「那就好……」

美緒不知道自己該怎麼做才好。老實說，現在這樣一點都不好，就因為不好，才會聊到這個話題。

美緒低下頭去，與保持坐姿、抬頭仰望的拉拉四目相交。倒映於那雙圓滾滾小眼睛裡的美緒，確實有擠出笑容，是往常的她，所以她還能夠調適自己的心情。

「送我到這裡就好，謝謝你陪我走這段路。」

「嗯。」

「祝你馬到成功。」

「嗯？」

「告白。」

不出所料，陽斗害羞地面露苦笑，但他很快就沒放在心上，換上往常那張爽朗的笑容。

「夏目妳也一樣，今天真的很謝謝妳。」

陽斗揮了揮手便轉身離去。直到看不見那道背影為止，美緒一直不停地揮手，臉上則維持著一如往常的笑容……有確實擠出笑容。

3

領著惠那從公園前往湘南深澤站的途中，由於她表示自己口很渴，因此瑛太帶她去了一趟便利商店。
瑛太買好罐裝咖啡與寶特瓶裝的奶茶，便走出店家。想當然耳，兩款飲料都是熱的。
「請妳喝，算是我今天的一點心意。」
瑛太將奶茶交給在店外等的惠那。
「真的嗎？謝謝學長！」
惠那誇張地道完謝，直接轉開瓶蓋喝了一口，然後滿足地呼出一口氣。她那呼出的白色吐息，比起冰冷的天氣，反而更能讓瑛太感受到她的體溫。大概是表情的變化與舉止都很劇烈的關係，惠那的一舉一動，都令瑛太覺得像是一幅畫。
縱然還沒在學校裡見過惠那，不過無論是好是壞，感覺上她都是個引人注目的學生。
惠那感受到瑛太的視線，一臉疑惑地望了過來。瑛太巧妙地避開與惠那對上視線，用指節勾住拉環，將罐裝咖啡的罐口打開。
「泉學長，你覺得呢？」
惠那突然拋來這個怪問題。由於整句話太過簡短，瑛太根本聽不懂所指何事。
「覺得什麼？」
「相馬學長的事情。」

惠那拿起掛在脖子上的相機，靈巧地用單手操控著。顯示於相機的液晶螢幕裡的畫面，都是她擅自將瑛太、陽斗與美緒拍下的各種照片。瑛太觀察著正在檢視照片的惠那，卻未能從那張側臉窺視出她提問的用意。

「這個嘛……他是我國中時期的朋友。」

因此，瑛太給出一個有如模範答案般的回應。

「只有這樣？」

抬頭望來的惠那，露出意有所指的眼神，像是看出什麼端倪，令瑛太暗自提高警覺。

「他是我交情最好的朋友。」

「嗯～～」

惠那一臉無法接受這個說詞的模樣，而且她的反應像是沒有得到自己想要的答案。

「怎樣啦？」

這樣的態度，令瑛太莫名介意，所以他不加思索地反問回去。

於是，惠那提出另一個問題。

「那麼，你覺得會長如何呢？」

惠那望向瑛太的神情，明顯是樂在其中。

「……她是國中當時，與我就讀同班的女生。」

瑛太盡可能不去深思，以平常的口吻回答。

「話說瞧妳用會長稱呼夏目，所以她到了高中，也有參加學生會啊。」

瑛太刻意提起這件事，只因為很想趕緊轉換話題。

「她現在已經退出學生會，是前任學生會長。依照學長的說法，她國中時也是學生會的一員嗎？」

「當時她是擔任副會長。」

「學長知道得真清楚呢。」

「這點小事，一般人都知道吧。」

「倘若不感興趣，哪會記得以前的副會長或書記是誰？像我就一點印象也沒有。」

「……」

瑛太之所以未能轉換話題，是因為惠那刻意把話題拉回來。眼下的狀況，就像是退路逐漸被堵住，讓人感到渾身不自在，而且事實證明這不是瑛太的錯覺，惠那接下來的一句話，令瑛太切身感受到這點。

「所以，泉學長你是喜歡上美緒學姊的哪一點呢？」

「……這是哪門子的因為所以。」

瑛太沒有表示肯定或否定，是因為他透過直覺，預料到無論自己如何回答，夾帶在言語中的情感都極為致命。像這樣假裝不感興趣，瑛太認為自己比想像中應對得更恰當。

「這張照片就是證據。」

惠那將數位相機的液晶螢幕，擺在勉強熬過第一波攻勢的瑛太面前。照片裡的人物，是大約二十分鐘前的瑛太，還有美緒與陽斗。

陽斗躺在公園的草地上，美緒神情落寞地注視著陽斗，以及擔心地望向美緒的瑛太。

事實上，無人能明白他人的心情。雖然不明白，惠那按下快門的這張照片，如實呈現出當事人不想被人發現的情感。

因此，在瑛太回復理智之前，身體已先一步做出反應。

「妳又擅自亂拍照片！」

瑛太想伸手搶奪惠那的數位相機，卻被惠那巧妙地躲開了。撲了個空的那隻手，就這麼空虛地劃過空中。

「只要你說出喜歡上美緒學姊的其中一個理由，我就刪掉這張照片。」

聽完惠那挑釁的言詞，瑛太不甘不願地把揮空的手放下。

瑛太開始思考這個問題。自己喜歡上夏目美緒的理由。老實說，這不是會令人迷惘的問題，瑛太很快就將答案化成言語。

「她很笨拙的一面。」

瑛太不悅地說完後，惠那當場笑噴。

「學長，這句話最好別對會長說喔。」

「我哪可能會說啊。」

瑛太能夠感受出來，自己的臉色變得更難看。超商的玻璃上，倒映出一臉無奈的瑛太。

「泉學長真的很不錯呢，我很喜歡你喔。」

「以人格方面來說，對吧？」

「沒錯，以人格方面來說。」

「以人格方面來說，我是真的很不擅長應付小宮學妹妳。」

「這句話，我經常聽人說喔。」

惠那望向天空，開懷地放聲大笑。

「學長，不如你就以現在這股心情，向會長告白如何？」

「我已經說過……」

「以人格方面來說，我倒是覺得比起坦白說出自己不擅長應付某人，跟人告白應該更上道喔。」

在瑛太提出反駁之前，惠那已把話全說完了。對瑛太而言，他的確就是不擅長應付惠那這種人。

「不過嘛，等相馬學長告白成功後再行動，可能會比較好。」

——她的這部分，也很令人難以招架，我是說真的。

只是出乎意料讓人討厭不了，因為瑛太也承認惠那的發言合情合理，再加上她聊起此事時，沒有任何數落人的感覺，讓瑛太不禁感到有些羨慕。希望能實現自己的心願……惠那就是給人這樣的感覺。

不過能否坦率表達這股想法，又是另一回事。瑛太對於惠那的一席話仍感到火大，即便能理解對方的說詞，情緒上還是難以接受。

「對了，這個給你。」

惠那巧妙忽略掉瑛太心中的不滿，從背包拿出一個東西，遞到瑛太的面前。她強行塞進瑛太手裡的是一張照片。是當時……以一個打席決勝負的照片，而且是被人擊出全壘打的瞬間，瑛太露出「完蛋了」的表情。照片裡的瑛太一臉震驚，其中包含懊惱的神色。之前與惠那在家庭餐廳見面時，並沒有看見這張照片。

「……」

瑛太已有四年沒碰過棒球，在輸給這段期間仍持續練習棒球的陽斗之後，感到很不甘心，他明白這種想法太厚顏無恥。就算如此，瑛太依舊產生這類情緒，因為他的內心深處，希望自己能永遠不會輸給陽斗。

「你站上投手丘之前，就已經輸了也說不定喔？拜啦。」

惠那單方面傳達完自己想說的話之後，便朝著車站的方向走去，她的背影很快就沒入人群之中。

留在原地的瑛太，再次低頭看向手中的照片。

「我這是什麼表情啊……」

不管重看幾次，自己的臉上仍充滿懊悔的神色，而且強烈到無論如何都難以抹去。這股情緒究竟從何而來，瑛太此刻已隱約察覺出來。他明白自己並非想與陽斗分出高下，不過事關勝敗，還是會想要獲勝。

因為只要能戰勝陽斗，瑛太覺得自己就會擁有自信，將心意傳達給那個女孩。

4

在每年除夕當天，都會令瑛太有種一年僅此一次、讓人覺得格外特別的心情。總覺得會發生什麼事情，心情比平常更亢奮。明明只是從昨日接續今日，從今日變成明日……這件事彷彿已植入基因般，瑛太能透過身體感受到，這一天就是今年的除夕。

依照每年的慣例，晚餐是壽司。正確說來，是從附近超市買來的。平常不喝酒的父親，唯獨今天會喝光一罐啤酒，而且很快就滿臉通紅，與往年一樣在紅白歌唱大賽結束之前，就已經酣然入夢。

對瑛太而言，今年除夕與以往不同的地方，就是接下來與人相約出門。

當最後擔任壓軸的演歌老牌歌手，拉開嗓門即將高歌一曲的時候，瑛太回到臥室裡，從衣櫃裡拿出羽絨外套穿在身上，將拉鍊拉到最頂端。

瑛太把錢包與手機塞進口袋裡，當他走出臥室時，在客廳看電視的母親，一臉吃驚地看向瑛太。

「叛逆期？」

看見自家兒子挑在這種時間點準備出門，母親會得出這樣的結論也是無可厚非。

「我跟朋友約好一起去新年參拜。」

瑛太簡短地回答後，快步走向玄關。

「跨年蕎麥麵呢？」

一路跟到玄關的母親，站在身後如此提問。

「幫我留一碗，我回來再吃。」

「那樣不就變成新年蕎麥麵了？啊、路上小心。」

「我出門了。」

瑛太走出大樓，目的地是位於32號省道上、二十四小時不打烊的超市。抵達該處後，瑛太站在店前停車場的角落。

這裡就是集合地點。今天之所以會相約一起去新年參拜，主要是體諒身為考生的美緒。當初的規劃是趁著晚上前去參拜，就可以在短時間內結束。

瑛太拿出手機確認時間，目前已接近十一點半。

「差不多是時候了。」

瑛太開啟ＬＩＮＥ，在五人組成的聊天群組裡，輸入『抱歉，家裡有事無法參加』的訊息。沒多久，已讀人數顯示是「４」，接著美緒也傳來『對不起，我也一樣，還是想多讀點書』的訊息。隨後，依子也留下『我好像快感冒了，今天無法參加』以上訊息。

——我已經抵達藤澤本町車站了耶！

陽斗發送的訊息中，透露出驚慌的情緒。

——我也抵達會合地點了。

最後回應的人是葉月。

瑛太等收到這條訊息後，便回覆說『那你們兩人一起去吧』，美緒與依子像是串通好似地表示贊成。

其實這是理所當然，因為他們三人早就計畫好，藉由臨時放鴿子讓陽斗與葉月兩人獨處。率先提議此事的人是美緒。在約好新年參拜沒多久，美緒就使用ＬＩＮＥ發送私訊給瑛太，然後也拉依子加入。

為此，他們三人另外成立一個群組，裡面有依子發送的『Good Job』貼圖。

瑛太回了一個豎起大拇指的貼圖時，一輛車子駛進超市的停車場。因為車燈耀眼的光芒，瑛太的目光被吸引過去。車子停下後，美緒從副駕駛座走了出來，她在看見瑛太後，以惡作劇的語氣說：「你家裡的事情都忙完了嗎？」

「夏目妳才是吧，書已經唸完了？」

「祈求考試合格也很重要呀。」

因此，瑛太放鴿子沒去參加當初約好的新年參拜，仍等在這個地方的理由，是依子提議說「我們去拜託神明保佑夏目同學考試順利」。

接下來就等依子前來會合，不過在此之前，瑛太注意到另外一名熟人。從美緒後方接近的女性，整體給人的印象與美緒很相似，不同的是她比美緒年長，並且長得比較高。

「瑛太，好久不見。」

站在美緒身旁、稍稍舉起手打招呼的人，正是美緒的姊姊・夏目美奈。她比兩人年長兩歲，因為有段時期也就讀同一所國中，所以瑛太認識美奈，她現在應該是大學生。

「妳好，美奈小姐。」

「你真的搬回這裡了，看起來有長高一點喔。」

「嗯，只有一點而已。」

「你見到我時沒有馬上認出我來，為何卻能一眼認出我姊姊呢？」

兩人只是稍微打個招呼，美緒竟開始抱怨。

「因為美奈小姐幾乎沒什麼改變。」

「這種時候，你應該要稱讚對方變漂亮才對喔。」

「那麼，美奈小姐妳變漂亮了。」

瑛太依照指示開口回應，美奈不禁莞爾一笑，彷彿擅自得出結論似地回了一句「瑛太你還是老樣子」。

「不過，美緒也有變可愛對吧？」

「姊姊，妳只是被媽媽拜託來買芥末吧，總之趕快回去啦。」

美緒擔心話題會延燒到自己身上，便將美奈推向超市的入口。

「好啦好啦，那麼，美緒就拜託你囉。」

美奈越過肩膀揮手向兩人道別，慢慢走進超市內。

「……」

「……」

兩人默默地目送美奈，直到再也看不見她的背影。

「你就不讚美我呀。」

轉身面向車道的美緒，宛如自言自語般說出這句話。

瑛太原先以為自己能順勢稱讚美緒，但真要開口時，卻又發不出聲音，最後只維持著開口準備出聲的嘴型，一股尷尬的氣氛，逐漸瀰漫在兩人周圍。

不久後，依子準時前來會合。

「啊、看到了看到了。」

但是瑛太與美緒的反應都慢了一拍，讓依子困惑地問了一句「抱歉，我遲到了嗎？」

「這裡是葛原岡神社嗎？」

「嗯。」

三人走在狹長的參拜坡道上，依子和美緒走在前面，瑛太則緊跟在後。

「只要是住在這附近的人，新年參拜時都會來這裡。」

雖然依子也就讀同一所高中的同學，卻住在藤澤市，感覺上很少造訪鎌倉。

「我一直以來都在這裡參拜，爸爸也說近一點的神社比較好。」

「我父母也說過類似的話。」

「這附近有許多出名的神社，不過當地人出乎意料挺少去的。」

「誰叫那些地方都人滿為患。相反的，如果真能獲得神明的保佑就好了。」

依子說完很可能會遭天譴的這句話之後，當場笑了出來。

「或許吧。」

「既然如此，早知道去那裡祈求考試順利了～」

瑛太覺得自己與美緒兩人獨處的話，很可能會冷場，但是現在有依子跟著，也就不會有這種問題。之前一起參觀水族館時，她們看起來很少在班上聊天，不過兩人此刻很自然地談天說地。

瑛太聽著兩人的交談聲，拿出自己的手機。看時間，差不多要更換日期了。

「泉？」

抬頭看去，發現美緒正望著自己。此時，日期顯示已換成新的一年。瑛太把手機螢幕展示在美緒的面前，同時說了一句「新年快樂」。

「你的語氣也太沉悶了吧！」

語畢，依子便大笑出聲，同時與美緒互相拜年。

在這之後，三人都低頭看向自己的手機。大家所想的事情都差不多，就是檢查來自朋友的拜年訊息。

瑛太住在福岡時結識的朋友們，也接連發送「新年快樂」的訊息，於是瑛太逐一回覆。

其中一則令瑛太停下動作的訊息，是唯一來自於女性的問候。瑛太並沒有因此感到興奮不已，原因是發送這則拜年訊息的人，正是小宮惠那。瑛太稍稍提高警覺，就此停下腳步。

「泉？」

注意到異狀的美緒，回頭關心瑛太。

「沒什麼，妳別在意。」

由於接連收到訊息，瑛太手中的手機不停發出震動。

——我已經下定決心了。

——我會聲援泉學長的。

——你趕快跟會長在一起啦。

——記得要感謝我喔！

——至於謝禮，就讓我拿你的照片去參加比賽！

面對這一連串的訊息，瑛太根本來不及回覆。

最後又傳來一張照片，看起來應該是在運動會時所拍，照片中是身穿運動服、將頭髮綁成馬尾的美緒。

「難道是相馬捎來的訊息？」

「不是。」

為了避免被接近的美緒看見，瑛太馬上將手機收進口袋。

「是九州的朋友嗎？」

「算是吧……」

瑛太自認為有蒙混過去，只是他一直避免與來到身旁的美緒四目相交，導致他看起來像是作賊心虛。

「你看起來很可疑喔！」

想當然耳，美緒馬上提出質疑。

由於瑛太不想亂找藉口，演變成美緒要求檢查手機，因此他採取老實說真話的方式來對抗。

「……妳介紹我認識的那個拍照女，她平常都是那樣嗎？」

「那樣是哪樣？」

「總覺得充滿活力。」

「嗯，她總是很有活力。」

「你說拍照女？啊～是二年級的小宮吧？我之前參加田徑大賽時，她還騎著機車，跑來那麼遠的會場拍照喔。」

依子露出釋然的表情，加入對話之中。

僅憑美緒與瑛太的形容，就能特定出話題中的人物，想來惠那在學校裡是個風雲人物。

「就各種角度來說，她是挺厲害的。」

因此，也會出現以下這樣的感想。

「不過，男生都喜歡那種女生吧？」

「喔～」

美緒不知為何顯得語氣不悅，同時以不悅的眼神看向瑛太。

「畢竟田徑社的男社員們都說她很可愛，所以她是挺受歡迎的。」

「我對她沒有任何感覺。」

「瞧你矢口否認的模樣，感覺很可疑喔。」

「……當初可是夏目妳介紹我認識的吧。」

瑛太認為繼續這個話題，對自己是毫無益處，於是直接穿過停下腳步的兩人，快步朝著神社走去。

本殿前等待參拜的客人們，排成一列不長的隊伍。看似有十幾人，隊伍的長度約莫有五、六公尺。三人排在隊伍的最末端。

很快就輪到瑛太等人，他們三人一字排開，將香油錢投入賽錢箱。瑛太將為了今天特地留存下來、恰好印著自己出生年份的五元硬幣丟進去。

由美緒擔任代表，負責搖鈴，完成後，三人便鞠躬兩次並拍手兩次，清楚說出「請保佑夏目順利考上大學」這句話，最後又再鞠躬一次。瑛太等美緒與依子都拜完之後，便從本殿的前方離開。

隨著參拜的人潮慢慢前行，能看見以鋼管組成的白色帳篷裡擠滿了人。

「那裡有免費提供甜酒釀，你們在這兒等我。」

依子還沒把話說完，便小跑步地奔向帳篷，沒多久就兩手拿著紙杯走了回來。

「拿去。」

依子把紙杯遞給瑛太與美緒。

「謝謝。」

「謝囉。」

接著依子再次前往帳篷，替自己也領了一份。由於今晚天氣很冷，喝上一口冒著熱氣的甜酒釀，讓人不由得渾身放鬆。

「話說，甜酒釀算是酒嗎？」

依子提出這個單純的問題。

「由於酒精濃度不滿１％，因此在法律上不算是酒類。」

「喔～」

依子發出佩服的讚嘆聲。

「真不愧是推甄錄取大學的人。」

美緒說出這句莫名尖酸刻薄的感想。

「喂，一般人都知道這件事吧。」

「但是一般人不會以『由於酒精濃度不滿１％，因此在法律上不算是酒類』這句話來回答。」

美緒做作地模仿瑛太說話。瑛太總覺得她今天特別愛找碴，或是跟他過不去。另外，明明沒什麼事卻表現得很興奮，該說她故意擺出這種態度……還是想藉機逃避自己在意的事情……

「啊、依子學姊。」

「妳們怎會在這裡？」

隨著打招呼的聲音，有一群女孩子走了過來，她們都穿著手臂繡有「柏尾川高中田徑社」字樣的運動外套。

「新年快樂。我們都住在鎌倉，約好一起來這裡新年參拜。」

「驛站接力賽快要開始了。」

「大家想來祈求比賽旗開得勝，拜託依子學姊也陪我們一起參拜吧。」

這群人似乎都是依子的學妹。之前去參觀水族館時，瑛太記得依子曾說她以前有加入田徑社，並且透過體保生資格錄取大學。

「咦～我嗎？」

神情困擾的依子，兩手各被一名學妹抓住。看來學妹們都很仰慕她。

「抱歉，那我先脫隊囉？」

依子轉動脖子，扭頭如此提問。

「嗯。」

美緒出聲回應，瑛太也點頭以對。畢竟此行的目標，是新年參拜與祈求考試順利，目前都已經完成了。

「那我先走了。」

依子在學妹們的簇擁之下，回頭往本殿的方向走去。

現場只剩下瑛太與美緒兩人。直到剛才還很熱鬧的這個空間，逐漸被寂靜籠罩。

因為找不到任何話題，兩人就這麼小口喝著甜酒釀。但是此情況無法維持太久，原因是紙杯裡的甜酒釀很快就見底了。

「來吧，我拿去丟。」

美緒一把從瑛太的手中搶走空紙杯，拿到設置於帳篷旁的垃圾桶丟棄，然後再度回到瑛太的身邊。

可是「那就回家吧」這句話，兩人遲遲都沒有說出口。

「……」

「……」

接下來已經無事可做，也沒在等人會合，不過兩人都挺在意一件事情，說穿了也就僅止於此。

那件事，就是兩人單獨去新年參拜的陽斗與葉月，他們此時究竟在做什麼？

陽斗表示今天會向葉月告白，他是否有將心意傳達出去？葉月又是如何回應他呢？

瑛太與美緒都很在意這件事，導致兩人對於回家一事感到遲疑，但無論他們在哪裡，或是正在做什麼，都不會影響結果。

「相馬他啊。」

美緒以聽似現在才想起這件事的語調，說出了這個名字。

「有沒有好好向人告白呢？」

她的聲音細如蚊蚋，彷彿融於夜空之中。

「我哪知道。」

瑛太裝出不感興趣的模樣回答。

「希望他不會又像上次那樣。」

美緒想起之前的情形，故意笑得有些浮誇。

每當瑛太看見這樣的美緒，都會感到於心不忍，這種想法是否不妥呢？

「他總該不會又脫口說出『我明天有空』這句話吧。」

「他能想到這句台詞，想想也挺厲害的。」

瑛太無法去取笑這個事實與勇氣。

「……說的也是。」

相信這股想法也傳達給美緒，所以她露出微妙的表情點頭回應。
「吶，要不要去抽一下那個？」
語調忽然變開朗的美緒，注視著籤運箱。
仔細一看，上面寫著「戀愛運」。從名稱來看，這是以戀愛運勢為主的籤運箱。
「原則上我並不想抽。」
為何自己要在這種情況下，跟美緒兩人一起去抽籤算戀愛運呢？瑛太只覺得這根本是處罰遊戲。
不過美緒表現得莫名積極，說了一句「你別說那麼多，快去抽吧」，便拉著瑛太的手往前走。
瑛太沒有勇氣甩開美緒，就這麼被拖到「戀愛運」籤運箱的前面。美緒從錢包裡取出一枚百元硬幣，瑛太注視她的眼眸，也掏出了百元硬幣。
美緒、瑛太依序上前抽籤。
瑛太解開摺成帶狀的紙籤，一個「吉」字映入眼簾，只是除此之外的內容，他實在無心看完。
「居然是末吉，聽起來真微妙……」

一旁的美緒如此說著。

「泉呢？」

美緒探過頭來，在看見裡面的「吉」字後，嘴裡咕噥了一句「真普通」。

「算了，即使戀愛運很差也無所謂，我想把自己的運氣保留在大學招考上。」

美緒擺出一副沒放在心上的態度，開朗地放聲大笑。不過看在瑛太的眼裡，那只像是強顏歡笑，刻意不去面對重要的事情，故意不放在心上，想掩飾自己的真心，將它深埋在心底深處，藉此來淡忘一切。這種做法可說是大錯特錯，她卻想說服自己，這麼做是正確的。

瑛太想到這裡，一股情緒湧上心頭，令他幾乎是反射性地脫口說出：

「……這樣真的好嗎？」

瑛太的聲音，消散於寂靜的黑夜裡。

「畢竟是末吉，所以當然不好。」

換來的回應，既做作又誇大。

「我不是這個意思……」

瑛太看不慣美緒那故作堅強的態度，微微加重語氣。

由於語調上的變化，笑容從美緒的臉上消失了。

「……你說不是這個意思，那又是什麼意思？」

能從美緒的話語，聽出她對瑛太提高警覺。她望向瑛太的眼神，訴說著「你別再說下去了」這句話。瑛太認為，換作是以往的自己，此時一定會選擇住口，不過唯獨美緒今日的反應，促使瑛太做出截然不同的決定。

「我是指陽斗。」

瑛太為了表達話中的含意與意圖，說出最具意義的那個名字。

「……」

能夠感受到美緒的眼神有些許動搖，但她沒有避開瑛太的目光，也沒有強顏歡笑地打馬虎眼。

「從國中持續到現在，這樣的我太扭曲了。」

美緒宛如想數落自己，露出嘲諷的笑容。

「所以……」

與其露出這種表情，妳還是趕緊去告白吧——瑛太原本想這麼說，卻被美緒打斷了。

「我目前正在準備大學招考，倘若相馬與其他人交往，總覺得自己反而更能夠釋懷。不如說是當真變成那樣，我肯定可以將注意力集中在考試上。因此，為了讓我能考上大學，相馬可得加把勁才行，對吧？」

美緒不讓瑛太有時間插嘴，滔滔不絕地一口氣把話說完。

而且彷彿這才是正確答案似的，露出堅定的神情……

「妳這樣……一點都不對吧。」

「哪裡不對？」

「拚命以大學招考為藉口。」

瑛太說到一半，便明白自己不該說出這種話，但就算大腦明白，在看見美緒擺出這種令人焦急的態度後，不禁感到一陣煩躁，導致他難以克制自己。因此，他無法阻止自己的嘴巴。

「唔！我才沒有找藉口！你只不過抽到『吉』，是在跩什麼……」

「至少比『末吉』更好。」

這種情況，遠比小孩子吵架更難看。瑛太知道是自己挑起爭端。能從視線明確感受到美緒的怒火。並且可以從美緒的言語之中，切身感受到自己一針見血點出問題。

「這跟你一點關係都沒有吧！」

直率無比的抗拒。

美緒睜大雙眼地瞪向瑛太。感到既悲傷又後悔的瑛太，為了避免自己崩潰，將雙手緊握成拳。

「就因為跟我無關，所以妳先閉上嘴巴！」

「你這是什麼意思……！」

就算是虛張聲勢，假如未能將情感宣洩出來，瑛太覺得自己會失控。話雖如此，他已經想不出該說什麼，因為能夠戰勝美緒那抗拒的態度，在他心中只剩下唯一的那句話……

「其實我也一直對妳……！」

這句話自然而然脫口而出，不過瑛太說到一半突然回神，是因為美緒那副略顯訝異的神情，映入了他的眼簾。

即將說出的後半句話，瑛太連忙吞回肚裡。

「從國中時……就認識妳了。」

原先握緊的拳頭，逐漸放鬆下來。

「所以並不是……一點關係都沒有……」

瑛太無法繼續注視美緒，斂下眼皮地低著頭。

「……」

美緒不發一語，卻能感受到她的視線，是莫名動搖的眼神，帶有疑惑的色彩。

「……抱歉，是我多嘴了，不好意思，我先走了。」

瑛太沒有勇氣繼續停留在原地，他快步經過美緒的身邊，沿著原路踏上歸途。

「啊……」

即使好像有聽見美緒想叫住自己的聲音，瑛太仍無法停下腳步，也不能回頭望去。

5

——剛才那句話，到底是什麼意思？

從新年參拜踏上歸途的美緒，一直在思考這個問題。

不管是回到家中或洗澡時，滿腦子都想著泉瑛太。美緒是第一次看見他像這樣宣洩出情感，擅自斷定他是個從來不會生氣的人。

瑛太擺明是在生氣，話才說到一半，一臉像是內心受挫地先回家了。而且，還當場拋下美緒……

拜此情況所賜，美緒被迫隻身一人走路回家。

這究竟是怎麼一回事？

美緒想不明白，正因為不明白，更令她的心情難以平復。

「這種感覺……真討厭……」

美緒趴倒在床上。

她到現在仍無法釋懷，因為十分在意，所以一直像這樣來回思索，這反而讓她將原先那些煩躁的情緒拋諸腦後，順利變回冷靜的自己。

縱使重新回想瑛太說過的話，內心也不再被憤怒的情感佔據，當然多少還是會感到不悅……

「就算他沒說，我自己也知道啊……」

畢竟美緒都諷刺過自己很扭曲，當然是對此抱有自覺，所以被瑛太一語道破時，才會當場發飆。拒絕聽見他人說出自己的心聲，除此之外，美緒已沒有其他手段能保護自我……

——為何瑛太要在意這樣的我？

對於他人的單相思，置之不理也無傷大雅。換作是美緒，她覺得自己一定不會插嘴介入，也沒有自信能夠像那樣去干涉他人。

既然如此，為什麼……

「難道他是在擔心我嗎……」

美緒將浮現於腦海中的想法脫口說出，並且漸漸認為這就是真相。

她決定跟瑛太道歉，於是伸手摸向手機，在啟動LINE後，用指頭點擊『EITA』的ID。

「……」

不過美緒仍有一股被人多管閒事的感覺，因此沒辦法坦率道歉。

「比起我，他才應該向我道歉。」

美緒把手機扔在枕頭邊。

目不轉睛注視著手機外殼。

今天在LINE裡收到的訊息，最後就只是與朋友互相拜年。

並不清楚陽斗與葉月的情況，也沒有收到他們的聯絡。

唯獨鬱悶的心情愈漸強烈。

「這種感覺……真的很討厭……」

Chapter 4

Rolling stones

1

烤成酥脆金黃色的吐司，藉由熱氣使奶油溶化，看起來令人垂涎三尺。這是每天早上都會出現、代表幸福的光景。看著位於正中央的奶油逐漸融入吐司裡，對美緒而言這是每日的早課，但是今早的情況卻不太一樣。

盤子上的吐司映入眼眸，她的注意力……卻放在一旁的手機上。

每當LINE收到訊息時，美緒就會拿起擺放在餐桌上的手機查看。至於傳來訊息的人，是與她同班的朋友們。

早苗、真由子、桃花與美緒四人建立的聊天群組裡，顯示著『早安』、『好想繼續放假』、『放假了一段時間，真期待跟大家見面！』等各種訊息。美緒也輸入『晚點在學校見』這句話，便將訊息發送出去。

「美緒，妳這樣很沒禮貌喔。」

坐在餐桌對側的母親，一臉不開心地提醒著。由於美緒是一邊操作手機，一邊巧妙地用單手捏住吐司的一角，送進自己的嘴巴裡，難免會遭到訓斥。

「我知道啦。」

美緒嘟起嘴巴，把操作手機的那隻手收回去，但是她的目光，仍停留在約莫五吋大小的螢幕上。

「這麼在意自己的男朋友呀？」

坐在美緒旁邊的姊姊・美奈，以捉弄人的口吻說出這句話。先一步吃完早餐的美奈，正在享用加了大量牛奶的咖啡。

「哎呀，妳有交往的對象嗎？」

母親毫不掩飾地露出驚訝的表情。

「是這樣嗎？美緒。」

就連默默翻閱報紙的父親，也略顯困惑地加入對話。

與家人聊起這類話題，只會讓美緒感到非常害臊，為了表示自己目前基於物理方面的因素無法回應，她將剩下的吐司全塞進嘴裡，並且一口氣把杯裡的牛奶喝光，在經過多次咀嚼全數吞進肚裡後，單方面地拋下一句「我吃飽了」，率先離開與家人共享早餐的座位。

美緒換上制服，離開住處時，已是八點過後。鄰近的住戶都已拆下新年裝飾，能夠感受到大街上的氣氛，已恢復成平日的狀態。

看著剛出門的西裝男子、成群結隊的小學生們、與朋友邊打鬧邊奔跑的國中生們，都是習以為常的光景。

住家附近的國中操場上，傳來學生們晨練的吆喝聲。看他們的打扮，應該是棒球社。

美緒沿著學校後門的狹長坡道向下走，同時觀望著操場上的練習。操場的另一頭，能看見一棟白色的校舍。

那是美緒過去就讀的當地國中，相馬陽斗與泉瑛太也曾就讀過那裡。如今美緒覺得校舍與操場都看起來比當年更小，應該是因為她畢業將近三年，已經成長許多的緣故。

如今已無法回到當年。即使沒有想要時光倒轉，終究是回不去了。等自己從高中畢業後，也會產生同樣的想法嗎？像這種從起床到現在，一直在意著手機的狀況，總覺得到頭來必定會留下遺憾，因此美緒很希望能重新來過。

美緒點開ＬＩＮＥ，目光自然而然停留在不再更新的某個聊天群組。那是在年末時，剛建立沒多久的聊天群組，群組裡一共有五人，分別是相馬陽斗、泉瑛太、森川葉月、乾依子以及夏目美緒。

最後一則訊息，時間停留於十二月三十一日。自從新年參拜以來，美緒與其他四人就再也沒有聯絡，也沒有發生任何插曲，短暫的寒假就這麼宣告結束，迎向第三學期的第一天．一月九日。

等美緒抵達教室時，就會見到陽斗、葉月與依子，畢竟他們都是同班同學。或許也有機會遇見瑛太，因為從今天起，他也是就讀同一所學校的學生。

美緒的心中，是有一股想盡早見到瑛太，把事情講清楚的衝動。

不過她又有更為強烈的愧疚感，因此倘若可以的話，她是希望別撞見瑛太。

這導致她很想利用ＬＩＮＥ，先一步掌握大家的情緒。

就在美緒擺脫以上煩惱之前，已能看見柏尾川高中的校門。從美緒家到這裡，原則上是步行即可抵達的距離。

學生們彷彿被吸入校門似地走了進去，美緒也成為人潮中的一份子。

第三學期開學第一天，能夠感受到學生們剛過完新年、尚未收心的浮躁感。為了彌補兩週都不曾見面的空窗期，同學們確認著彼此之間的距離感。基於這若有似無的想法，導致大家的情緒都較為亢奮。

美緒在校舍入口處換上室內鞋，突然感受到不同於先前氣氛的吵雜聲。她抬頭望去尋找造成此現象的原因。走廊上，能看見一名男學生穿著立領制服的背影。那個人是泉瑛太。

「他是誰？轉學生？」

「應該是吧？」

能聽見周圍傳來的討論聲。依照現場氣氛，感覺上大家對此也沒有多大的好奇心，單純是在共享與混入校內的異端份子有關的情報罷了。

到頭來，除夕當天就是美緒與瑛太最後一次見面。既然沒有聯絡，想當然就更別提道歉一事，只是那天道別時，瑛太已對美緒說了「抱歉」二字……

不過美緒認為，他們並沒有以彼此都能接受的方式做出了斷。至少對美緒來說，她仍感到心情煩悶。只是問起現在該由誰先開口，情況又有些微妙。事實上，是美緒尚未針對瑛太道歉一事做出回應……基於這個原因，美緒直到現在仍耿耿於懷。

「這麼一來，好像全都是我的錯。」

一臉憤慨的美緒，目光追著瑛太的背影。可是瑛太並沒有察覺，逕自步上階梯。

「美緒，早安。」

循著聲音回頭望去，真由子與桃花站在眼前。

「早安。」

「怎麼？難道是看見了相馬嗎？」

桃花越過美緒，探頭窺視走廊的方向。

「咦，妳為何這麼說呢？」

「什麼嘛～原來不是呀。」

桃花浮誇地露出失望的表情。

「妳怎會忽然提起相馬呢？」

美緒未曾與桃花或真由子提過自己的暗戀。

「對了，這個送妳，美緒，妳看～～」

桃花沒有回答美緒的問題，從書包裡拿出一個以白紙包裝的東西遞給美緒。包裝裡的東西，是繡有金榜題名四個字的護身符。

「謝謝，妳有去神社祈禱我考試順利呀。」

「那當然囉，小真真也有東西要給妳。」

在桃花的催促下，真由子也從書包裡拿出一個包裝相同的東西，交到美緒的手中。那裡面裝著保佑戀愛順利的護身符。仔細一看，與護身符一起裝在透明包裝裡的厚紙板上，寫有白旗神社四個字。

當初，陽斗等人約好一起新年參拜的地方，就是這間神社。因此這個護身符，就是來自於美緒等人故意在當天放鴿子，讓陽斗與葉月兩人單獨前去新年參拜的神社。

「美緒？」

桃花吃驚地窺視美緒的表情。

「啊、沒事，妳別在意。話說回來，為何要保佑我戀愛順利呢？」

「無妨無妨，反正大家心照不宣。」

桃花露出莫名得意的笑容。

「瞧妳的表情，總覺得有點可怕耶～」

「啊、早苗！新年快樂～！」

桃花發現走進校舍入口的早苗後，便走了過去。

「美緒。」

「嗯？」

聽見留在原地的真由子出聲呼喚，美緒扭頭望去，這才發現她直盯著自己的雙眼。

「若是妳有煩惱的話，不管什麼事都能找我們商量喔。」

「……咦？嗯，謝謝關心。」

隨即響起上課的鐘聲。以此為信號，總是一起行動的四人組便走向教室。

剛走進三年一班的教室，馬上就聽見陽斗的笑聲。他坐在教室正中央的課桌上，與班上交情最好的猿渡順平、石垣陸生一邊操作手機，一邊開心聊天。

「我完全抽不到稀有卡耶～！」

看來他們正在玩手機遊戲。

「就說會抽到啊，對吧？陸生。」

「沒錯，不過終究要看人品。」

「陽斗跟陸生都在這裡把運氣用光了！哪像我，可是要留著參加大學招考！」

班上的男同學們一如往常的對話，對於不知哪裡有趣的內容放聲大笑、互相打鬧，然後又繼續歡笑。

當美緒不自覺地望向與平常沒兩樣的陽斗時，突然感受到來自側面的視線。注視著美緒的人，是位於教室角落的葉月，而且神情看似有些困擾。若是此時上前搭話，反而會讓人覺得很不自然，因此美緒也同樣只是回以微笑。

「各位同學新年快樂，直到畢業前也請大家多多指教。那麼，通通趕快就座吧！」

擔任班導的渡邊老師，從後方走進教室裡。

美緒聽從老師的指示，走向自己的座位。

渡邊老師開始說明接下來的時程表。晨間班會之後是開學典禮，結束後又會回到班上進行班會，然後就放學了。美緒是有聽見老師的聲音，卻完全把它當成耳邊風。

自ＬＩＮＥ中斷聯絡的那刻起，美緒並非沒有想像過會出現這種結果。真要說來，這都在她的預料中。但在親眼看見一臉困惑的葉月時，美緒又變得不知該如何是好。至於態度異常開朗的陽斗，美緒更是沒打算主動找他攀談。

陽斗一如往常開口吐嘈渡邊老師缺乏幹勁的語調，逗得班上同學們忍不住笑了出來。

這種時候，自己該跟著一起笑嗎——但是美緒笑不出來，她不知該把視線擺在哪裡而低下頭去。此時，她感受到放在西裝外套口袋裡的手機發出震動。

美緒以為是桃花或真由子在發送訊息，於是偷偷在桌子底下確認手機螢幕。下個瞬間，她震驚到忘記闔起嘴巴，就這麼暫時愣住了。

因為ＬＩＮＥ收到的訊息，是來自於某個出乎意料的人物。

2

美緒將裝有拿鐵咖啡的店內用馬克杯放在桌上，拉開椅子就座後，森川葉月神情愧疚地說了一句「對不起，忽然這樣拜託妳」。

「不會，妳別在意，我接下來要去補習班……原本就會來車站這裡。」

開學典禮與第三學期第一次班會結束後，美緒與葉月各自走出教室，相約於藤澤車站商店街二樓的塔利咖啡廳碰面。

整件事的開端，是美緒先前在ＬＩＮＥ收到葉月的訊息，內容是『我有事情想跟妳商量，不知是否方便嗎？』

以中午前的咖啡廳來說，這裡算是挺擁擠的，顧客的年齡層也形形色色。比方說隔壁座位上，一位西裝打扮的上班族在桌上打開了筆電，似乎正在處理業務。再過去的另一個座位上，有兩位看似是大學生的女性，她們共用一支手機，一起在安排旅行的計畫。至於靠窗的座位上，則是一群太太開心討論著藝人的八卦。

稍微觀察一下四周，並沒有看見熟人或穿著相同高中制服的學生。

「我想商量的事情，那個……是關於除夕夜當天。」

抬頭從杯子投來視線的葉月，神情顯得有些困惑，仍直直看向美緒。

「照這樣看來……相馬他已經向妳告白了吧。」

話說到一半，美緒刻意讓目光落向杯子。她沒有勇氣從正面接受葉月的情感和言語，在喝了一口溫暖的拿鐵咖啡後，讓心情平靜下來。

「原來你們早就知道了。前陣子，我才從依子的口中得知這件事……」

「抱歉，是我提議讓妳和相馬兩人獨處。」

由於緊張的關係，美緒覺得自己的聲音聽起來有些遙遠。

「不會的。」

葉月沒有放在心上地搖頭以對。

「那個……照這樣看來，妳拒絕了相馬的告白是嗎？」

美緒未能安撫自己躁動的心情，戰戰兢兢窺視著葉月的反應。

「嗯。」

換來的回答極為精簡，光是這樣無法聽出葉月真正的心意。

「……」

「……」

美緒與葉月都對沉默感到尷尬，像是想彌補雙方的遲疑，兩人都拿起杯子喝了一口。

「我是第一次碰到這種事情。」

葉月維持雙手捧住杯子的姿勢，如此低語著。看起來像是想確認自己的心意。

「總之我嚇了一跳……當場就做出回應……」

葉月看似是回想當時的情境，也宛如在思索適合的詞彙……繼續把話說下去。

「但是，我認為這樣是不對的。現在的我，覺得這種事應該要經過謹慎的思考，才能夠做出答覆。」

語畢，葉月的視線從桌面往上移。儘管注視美緒的那雙眼眸有些柔弱，卻能感受到她那明確的意志。至此，美緒才終於明白葉月想表達的意思。

「意思是妳的答覆……現在或許有所改變是嗎？」

美緒將心中的疑問說了出來。

「……」

葉月彷彿實踐自己說過的話般，並沒有立刻回應，她斂下眼眸，狀似在整理思緒。

經過十秒左右，葉月一臉平靜地開口說：

「我覺得……答覆還是一樣。啊、我並沒有討厭或排斥相馬同學，不是因為這樣才拒絕的。」

「嗯。」

「單純是在此之前，我幾乎不曾與相馬同學說過話，關於他的很多事情都不清楚……所以還不能把他當成交往對象。」

美緒能夠感受出來，葉月是經過再三思考，拚了命地想把自己目前的心境化成言語。這次的拒絕不代表失敗，而是她想正眼去面對陽斗。可以強烈感受到，她對待他人的態度是無比真誠。

「再加上畢業之後，我因為推甄入學的關係，即將就讀位於兵庫的女子大學……所以很懷疑這樣是否適合。」

葉月的這種態度，令美緒不禁有些羨慕。

甚至覺得有些耀眼，更是凸顯出未曾向前跨出一步的自己。

「不過，妳變得很在意相馬吧。」

美緒還沒弄清楚自己是基於捉弄人的心態，還是想聲援兩人，脫口說出這句話。

「咦？」

葉月彷彿沒想到這件事般，顯得相當吃驚。

「……嗯，或許吧。自從那天以後，我滿腦子都是關於相馬同學的事情。」

葉月只是坦率說出自己目前的心聲，不過這句話，卻觸動了美緒的心弦。為何自己會做出這種反應，美緒一時之間難以理解。為了找出答案，她開始回想近來發生的事情。

——我最近老是想著誰？

腦海中浮現出幾個人的臉龐。人數並不多。

因此，美緒很輕易就得出結論，但是這個答案，令她的情緒難以平復……導致她思考到一半就打消念頭。美緒的心底泛起陣陣漣漪，害她有些喘不過氣。

「跟人聊起這些事情，總覺得真令人害臊。」

葉月靦腆一笑，以杯子遮住自己的嘴唇，似乎覺得自己說太多了。

兩人至今從來沒有像這樣聊過天，是現在這個瞬間才開始的。僅僅在這麼短的時間裡，美緒就明白陽斗選擇葉月的理由，甚至還認為陽斗很有眼光。葉月在班上是個不起眼的人，假如向男同學們提問「你認為班上哪個女生最可愛」，美緒覺得絕大多數的人，都會提及真由子或桃花的名字。或許有少數幾人的回答是美緒。但會說出葉月這個名字的人，相信就只有相馬陽斗。唯有仔細觀察過的人，才會注意到她。所以美緒認為，陽斗一定是仔細觀察過，才會喜歡上葉月。

「……妳何不這麼對相馬說呢？」

美緒也不懂自己想表達什麼，就這麼張著嘴巴。

「……？」

「告訴他，妳想好好再思考一次。」

語畢，美緒才想通自己是想說這句話的。

「那個……」

「我相信這對相馬來說，也是一件好事。」

「……相馬同學會願意聽我說嗎？」

「這我就不清楚了……」

因為美緒不是陽斗，不可能知道答案，而且仔細想想，若是陽斗之後再次被甩，自己的建議可說是相當殘酷。不過，葉月說過想再一次認真考慮，因此美緒覺得情況應該不會過於糟糕。

到頭來，美緒更加搞不懂自己怎麼會說出這種話。

「說的也是，謝謝妳，夏目同學，我會加油的。」

葉月感到莫名害羞，對著美緒微微一笑。

一段時間後，兩人步出咖啡廳。由於葉月準備從藤澤車站搭乘小田急江之島線，坐往下兩站的善行站返家，因此兩人在剪票口前道別。

隻身一人的美緒，在走向位於車站北側出口的補習班時，回想起葉月說過的話。

「我會加油的……是嗎？」

葉月是顯得很沒自信，仍做出積極的宣言，而這也是令美緒最印象深刻的一句話，因此她在回想起之後，也喃喃自語地說了一句『我也會加油的』。

3

瑛太在自行算完分數後，虛脫地整個人躺靠在椅背上，腦袋放空地低頭望著一半畫圈，一半畫叉的答案卷。

「畢竟在推甄合格後，我就一直偷懶沒念書。」

他像是嘆氣似地發著牢騷，在獨自一人的自習室裡聽來額外冷清。由於瑛太只在柏尾川高中就讀第三學期，因此校方為他準備這個空間。這裡原本是當成外賓招待室，空間只有一般教室的三分之一左右。在瑛太隨同父親來向校方人員打招呼的那天，這裡擺放著長桌與鐵椅，但在第三學期開學首日時，室內已分別設置四組平常在教室裡常見的課桌椅。

由於其他無人使用的課桌椅，讓瑛太看了總覺得心裡不太自在，因此他當天就把四組課桌椅，以像是小學生吃營養午餐時那樣，兩兩相對地組在一起。

攤放在桌上的題庫，就這麼自行闔上。原因是這本書不僅很厚，又是剛買來的，因此還沒有留下摺痕。

這本有著紅色書皮的題庫，是集結歷屆大學招考考題的那種，考生都把這本題庫稱為紅本子。至於紅本子的封面上，印有「翠山學院大學」這幾個大字。

老實說，瑛太也很懷疑自己在做什麼。

他居然買下這本題庫，今早到校後，就認真地一連挑戰國語、日本史與英語等三科的考題……因為結算出來的分數很不理想，導致他現在感到相當沮喪。

首先是必須重背英文單字，以及確認相關諺語。至於日本史方面，內容出乎意料都還有印象，所以瑛太認為自己應該沒問題。

其實瑛太已有推甄合格的大學，內心深處卻還想考取另一間大學。

事到如今，瑛太已無意再逃避其中的理由，而且他想考取的大學名字，已經闡明了一切。

「泉學長在嗎～？」

隨著這股呼喚聲，房門從外側被打開來。來者是小宮惠那。

「啊，有了。」

惠那與瑛太四目相對後，綻放出燦爛的笑容，踏著愉悅的腳步走進自習室，擅自坐在瑛太對側的座位上。

「無論妳來拜託幾次，我都不會答應讓妳拿那些照片去參加比賽。」

瑛太在對方開口之前，先一步如此叮囑。

「學長你沒有朋友吧，我想說你午餐時間應該會很寂寞。」

語畢，惠那把自己帶來的便當放在桌上打開。瑛太望向房間牆壁上的指針式掛鐘，現在確實已是午休時間。因為他太專注在解題上，沒聽見下課鐘聲。

「要說朋友的話，我有陽斗。」

「我開動了。」

惠那沒有理會瑛太的主張，逕自吃起便當。至於她的目光，落在桌面的物品上。

瑛太收好答案紙，與紅本子一起放進抽屜裡，接著從書包裡拿出便當盒，拚命想表現得很自然。

「其實呀，我真正的目的是想跟學長你打好關係。畢竟說起學長你，是不太會拒絕朋友請託的那種人吧？只要和你混熟，相信你會答應讓我拿你的照片去比賽。」

惠那毫不避諱地暴露出自己的如意算盤。

「對了，你跟會長有任何進展嗎？」

瑛太還來不及表達意見，惠那就換了個話題，提起這件事。

「完全沒有。」

瑛太裝出泰然自若的模樣，語氣平淡地回答。

事實上的確是沒有進展。真要說來，反而算是向後倒退。自從新年參拜以來，瑛太尷尬到再也沒與美緒說上話。別說是直接面對面，就連ＬＩＮＥ也一樣……

瑛太當時的那番話，美緒是如何看待？

自己當時的態度，看在美緒眼裡，又有什麼感覺？

瑛太有自覺，當時的情況幾乎已跟告白沒兩樣，而且方式還差勁到雙方近乎針鋒相對……

正因為當時的情緒是那麼激動，讓瑛太終於不再懷疑自己的心意，結果就是像這樣，開始寫起紅本子裡的考題。

「真的嗎？但是學長你藏在抽屜裡的紅本子，上面印有會長第一志願的大學名稱喔。」

「……」

瑛太正準備夾起炸雞塊，卻在途中停下筷子。

「都已經推甄合格的泉學長，為何還要買題庫來練習呢～」

「不許妳說出去。」

「我當然會幫你對會長保密的。啊，那塊讓我嚐嚐看。」

惠那伸出筷子，從瑛太的便當盒裡搶走煎蛋捲，毫不猶豫地放入嘴中，接著她鼓起雙頰，享受地發出「嗯～～」的讚嘆聲。

「學長的媽媽真會做菜，這是我的回禮。」

取而代之，惠那從自己的便當盒裡，夾了一塊龍田炸雞塊分給瑛太。因為紅本子一事，總覺得自己被人抓住把柄的瑛太，決定坦率接受對方的好意。

「妳的母親也很會做菜喔。」

「這是我自己做的喔，你要不要也嚐嚐看這個關東煮？」

神情莫名欣喜的惠那，用自己的筷子夾了一塊芋頭，送到瑛太的嘴邊，一副像是準備說出「啊～～」的模樣。

「瑛太，你現在有空……嗎？」

此時，自習室的門被推開。

走進來的陽斗，瞠目結舌地望著瑛太與惠那，接著眨了兩、三次眼睛後，拋下一句「抱歉打擾了」，便把門關上。

瑛太連忙起身衝過去，一把將門打開。

「你誤會了。」

連忙叫住準備從走廊離去的陽斗。

「喔、嗯。」

「你找我有什麼事嗎？」

瑛太決定搶在話題又回到剛才的事情上之前，直接詢問陽斗的來意。

「……那個，關於這件事。」

陽斗有口難言地轉過身去，從口袋裡拿出手機後，並沒有特別動手操作，就這麼把手機握在手裡。

「我在週二收到ＬＩＮＥ。」

陽斗的說明裡，偏偏欠缺最關鍵的「來自何人」，不過他像這樣跑來商量事情，瑛太就算沒問也知道答案。

「……是森川同學寄來的？」

「嗯……但是我還沒有回覆她。」

「今天都週四了耶。」

是週二、週三、週四的星期四。

「所以……你覺得我該怎麼做？」

一臉認真的陽斗，說出這個著實令人傷腦筋的問題。

「這種時候，也只能先回覆說『很抱歉前天跟昨天都沒有回覆』。」

「這太難了吧。更何況，我也不知道她找我要做什麼，我沒膽問清楚啦。」

「……」

聽完這句話，瑛太也說不出話來。

坦白說來——

以瑛太的情況而言，他對美緒的愧疚感，不是經過一兩天就能夠沖淡的。在進入新的一年……瑛太是有考慮要為自己說得太超過一事道歉，也好幾次打算聯絡美緒，到頭來仍辦不到。於這週開學之後，瑛太在上學與放學時，曾多次遠遠看見美緒的身影，但他別說是上前打招呼，甚至每每躲到柱子後，或是跑到走廊的轉角，等美緒離開才走出來。

就是因為瑛太很害怕把事情說清楚……

倘若美緒在當時察覺出自己的心意……瑛太不覺得自己有辦法在美緒的面前，繼續維持原本的自己。

他一定會變得跟收到葉月的訊息，就此陷入煩惱的陽斗沒兩樣。

瑛太驚覺到這點後，在心中做出了某項決定。

他認為這是解開心結的好機會。

「陽斗，你跟我來一下。」

還沒有得到回應，瑛太已逕自往前走去。

「喂，你想幹嘛啦？」

陽斗從後頭跟上，但他的步伐與態度明顯是很不情願，因此雙方越離越遠，當瑛太走下階梯，來到樓梯的轉角處時，已聽不見來自背後的腳步聲。

「你要去哪？瑛太。」

瑛太也停下步伐，回頭望去。此時，陽斗正從階梯上方俯視著瑛太。

「操場。」

「為什麼？」

「我們以一個打席來比賽吧。」

瑛太挑釁地仰望陽斗。

「你只要再打出一支全壘打……然後去回覆森川同學就好啦。」

瑛太搶在陽斗再次提問之前，繼續把話說下去。

「你也太莫名其妙了吧。」

語畢，陽斗輕輕一笑，沿著階梯走下來，他在樓梯的轉角處追過瑛太後，像是想起什麼似地回過頭來。

「那麼，瑛太你有何打算啊？」

陽斗的眼神分外認真。

「這句話是什麼意思？」

「假如你贏的話，是有什麼打算嗎？」

「……」

「畢竟這是比賽吧？」

瑛太完全沒想到這件事，話雖如此，既然是自己主動提議比賽，答案打從一開始就已經出來了。

「……那麼，我也會把事情說清楚。」

4

午休時間已過了一半以上，原先因麵包攤位而人滿為患的大樓入口，此刻已恢復原有的平靜。美緒算了算時間，與桃花一起來到販賣機前買飲料。

美緒投入硬幣，將手伸向草莓牛奶的按鈕，不過途中改按一旁的咖啡牛奶，最後將落於取物口的鋁箔包拿出來。

「妳對草莓牛奶的熱度，終於退燒了嗎？」

桃花感到不可思議地看著美緒手中的飲料。

「妳說終於是什麼意思？」

「自從去年跟妳同班以來，妳總是喝草莓牛奶呀，未免也太專情了吧。」

正確說來，是從高一開始就一直如此，其實比桃花想像中更久。

「是發生了什麼事嗎？」

「嗯～單純就想這麼做。」

該說是想轉變心情，或是想改變自我……總之，是想從自己能改變的事情開始做起罷了。乍看下好像有其意義，但事實上卻並非如此。

「啊、是相馬……還有傳聞中的轉學生，看那邊。」

美緒順著桃花的視線望去，確實相馬陽斗正與泉瑛太走在一起。兩人的表情都很微妙，而且也沒有交談，他們換好鞋子便走向室外。美緒目送兩人的背影時，突然有一名女學生緊追在後。仔細一看，是把相機提袋扛在肩上的小宮惠那。

「現在是什麼情況？」

「我也不清楚。」

「過去看看吧！」

一臉像是找到樂子的桃花，拉著美緒的手往前跑。無力抵抗的美緒，就這麼穿著室內鞋來到外頭。

「他們走向操場了。」

「我們還是回去吧，桃花。」

話才剛說完，便傳來一股金屬棒敲擊物品的清脆聲響。

「有了，快嘛快嘛。」

兩人停在通往操場的階梯上，桃花伸手指向遠處。沿著一壘跑壘線高高飛起的球，畫出一道弧線後，落進草叢裡。

「飛得好遠喔！難道是所謂的全壘打？」

桃花語氣興奮地說著。

「剛才那是界外球。」

操場上有兩道人影，分別站在打擊區與投手丘上。打擊手是陽斗，投手則是瑛太。

於階梯的最下方，能看見惠那架起三腳架正在裝設相機。

看著步下階梯的桃花，美緒也追了上去。

注意到有人接近的惠那，瞄了美緒一眼後，重將注意力轉回她準備拍攝的兩名目標。

事到如今，美緒已不打算拉著桃花離開這裡。

一臉認真手握球棒的陽斗，令美緒不禁停下腳步。瑛太目不轉睛看向好球帶，能從那張側臉看出他十分專注。

瑛太慢慢舉起手臂，投出第二球。

是一記劃出筆直軌跡的快速直球。

陽斗扭動上半身，使盡全力揮棒迎擊。

球被球棒削過，再次沿著一壘跑壘線快速飛去，但仍是超出界線的界外球。依照剛才的情況來看，美緒認為是陽斗揮棒太慢。

「你的直球居然變快了！」

陽斗大喊出聲，聽起來是樂在其中。反觀瑛太卻是不發一語，彷彿想忘記每投出一球所累積的疲勞，不停地深呼吸。

那張臉龐，著實是認真無比。

「……他是在認真什麼嘛。」

下一球，陽斗同樣沒抓準時機，又打出一記界外球。看樣子，依舊是他揮棒太慢。至於下一球，以及再下一球……瑛太都是投出快速直球，陽斗全部揮棒過慢，都打成了界外球。

雙方毫不退讓。

瑛太的肩膀上下起伏著，不斷大口喘氣。

陽斗用衣袖拭去額頭上的汗水。

瑛太從籠子裡拿出第八顆球，在手中翻轉了幾次以確認握感。選好球之後，瑛太把球放入左手的手套裡，重新將球握於右掌中。

呼吸雜亂的瑛太，身體不再晃動。陽斗彷彿與之呼應，在呼出一口氣後，握緊球棒擺出打擊姿勢。

行雲流水般的投球姿勢後球順勢往前飛去。

球速看起來很快，或許是今天最快的一球，當美緒冒出以上想法的下個瞬間，傳來一陣清脆的擊球聲。

這股悅耳的聲響穿過天際。朝著中外野飛去的球，在描繪出一道大幅度的拋物線後，直直飛向操場的底端。

是一記直接命中後側記分板的高飛球。

「好耶——！」

陽斗豪邁地高舉雙手、擺出勝利姿勢，扯開嗓門放聲大吼。

「好耶，美緒！那是全壘打吧？是全壘打耶！」

桃花握住美緒的雙手，開心地跳來跳去，看起來也像是在代替美緒表達心中的喜悅。

「誰叫你老是投快速球……」

在附近拍攝陽斗與瑛太的惠那，如此喃喃自語。正在利用相機螢幕確認照片的她，神情顯得有些落寞。

不知是否受到這股情緒的影響，美緒也無法為陽斗擊出全壘打一事感到高興。比起歡欣鼓舞的陽斗，她反而看向垂下雙手、佇立於投手丘上的瑛太。儘管自己不是惠那，卻莫名興起一股惆悵感。

陽斗沿著壘包跑了一圈，那是唯獨贏家才有資格奔跑的路線。

此時，美緒慢慢走向陽斗。

「美緒？」

「抱歉，我馬上就回來。」

美緒頭也不轉地回應桃花，隻身走進操場裡，接著大喊一聲「相馬！」叫住了接近二壘壘包的陽斗。

「嗯～？」

陽斗聽見呼喚聲，止步站在壘包上，露出訝異的表情。

「這個還你！」

美緒把口袋裡取出的橡皮擦握於手中，在兩人接近至剩下五、六公尺的距離時，一鼓作氣將橡皮擦拋向陽斗。

陽斗不愧是前棒球社的社員，面對拋擲方向有些偏差的橡皮擦，他仍徒手接住了。

陽斗看清楚握在手中的東西後，臉上的表情更是一頭霧水。

「這是什麼？」

他直率地拋出疑問。

「橡皮擦。」

「我看了也知道啊，為何要給我這個？」

「還記得在國中時，這是你借我的嗎？」

「有發生過這種事嗎？」

陽斗誇大地偏著頭，陷入沉思。美緒多少有預料到會出現這種情況，即使這件事對自己而言是特別的回憶，但在陽斗的眼中，這只不過是日常生活裡的小插曲。

「有啊，我一直想找機會還你……不過與其說我忘記，應該說是發生了一些事情。」

由於美緒不加思索就走了過來，因此難以找到適當的詞彙來表達自身的心情。

「發生了一些事情……？」

「我都說這麼多了，相信你應該能明白吧。總之就是這樣！」

美緒覺得自己再也說不下去，於是以明確的口吻把話說完後，便一個右後轉走回桃花的身邊。

「怎麼回事？剛才那是什麼？」

美緒領著兩眼發亮提問的桃花，朝著校舍的方向走去。

當瑛太目送與朋友一起離去的美緒時，陽斗語氣天真地提問說：「究竟是怎麼一回事？」

「你自己好好想想吧。」

瑛太拋下這句話，獨自一人開始整理拿出來的球。

「喂！」

陽斗似乎還有話想說，瑛太卻全都當成耳邊風。

這點程度的捉弄，相信老天爺會諒解的。

5

隔天，一月十二日星期五。

當天放學後，美緒難得與早苗、真由子以及桃花三人，一起前往藤澤車站。大學聯合招考將於明天開始，對此表示心情難以平復下來的早苗，邀請大家一起出去玩。

由於美緒也準備參加考試，起初是打算婉拒，不過只要一人獨處，無論如何都會回想起昨天的事情。基於這個理由，導致無心於課業上的美緒，認為這麼做只會令自己倍感焦慮，因此坦率接受邀請。

話雖如此，當一行人走進家庭餐廳後，美緒馬上翻開單字本……

「這麼多，我根本背不完啦。」

進入餐廳經過三十分鐘左右，美緒死心地趴在桌上。

「我早就放棄掙扎了。」

早苗也闔起參考書，將叉子伸向薯條，叉起一根後，先是沾滿番茄醬才送進嘴裡。

美緒仍趴在桌上，側著臉把薯條放入口中。

「對了，美緒，後來妳與相馬有怎樣嗎？」
桃花將臉靠過來，露出好奇的表情開口提問。
「什麼都沒有，我只是把橡皮擦還他而已。」
美緒如實說出事情經過。
「這算什麼～桃花可是說妳跑去向相馬告白喔～？」
把薯條吃進嘴裡的真由子，說出這個令人意外的消息。
「咦？」
美緒發出打從心底感到訝異的驚呼聲。
「畢竟昨天發生了那樣的事不是嗎？至於美緒妳，看起來一直很在意相馬呀。」
桃花得意地哼笑兩聲，一臉像是任何事情都逃不過她的法眼。
「啊、所以才送我這個呀……」
書包的握柄上，綁著兩個護身符。一個是保佑學業，另一個是保佑愛情，兩個都是第三學期開學當天，桃花與真由子送給美緒的。
「明天就是聯合招考，我才不會跑去告白呢。」
美緒挺直腰桿，端正坐姿。其實服務生經過她們附近時，露出異常冷漠的眼神，美緒才發覺自己的舉止太不端莊了。

「咦～真是太沒趣了～」

「那麼，等大學招考結束後，妳就會去告白嗎？」

「嗯～我不知道，再說吧。」

美緒把闔起的單字本重新翻開，因為她相信只要自己開始念書，桃花和真由子就會知難而退了。

「妳再不去告白，難保他會跟其他人交往喔，比方說參加管弦樂社的那個女生。」

真由子掃興地說著。

「那怎麼可能嘛～」

桃花以略顯鄙視的態度發出笑聲，美緒卻完全無法附和。原因是她甚至認為，對方絕對比自己出色多了。

「話說今天先解散吧，畢竟聯合招考就在明天了。」

多虧早苗強勢地中斷話題，這場聚會才終於結束。

剛走出家庭餐廳，美緒便與返家方向不同的早苗及桃花揮手道別。

然後與真由子兩人一起走向車站。

雖然時間才剛過下午四點，太陽就已落向地平線，西側的天空彷彿世界末日般，被染成一片緋紅。

「吶，美緒。」

「嗯？」

美緒回神時，這才發現真由子佇立於後方一段距離的位置上，因此她也跟著停下腳步，轉過身來。

在眼前等待的，是神情異常認真的真由子。

「怎麼了嗎？」

「美緒，妳是真心喜歡相馬嗎？」

面對笑著提問的美緒，真由子以嚴肅的神情來回應。

「……」

美緒暫時說不出話來，於是真由子率先開口。

「若是不清楚妳的情況，我們也不知道該怎麼幫妳喔。」

縱使沒說出口，真由子彷彿藉由眼神訴說著「畢竟我們是朋友呀」這句話。

「我自己也搞不清楚……當初想說只要把跟他借來很久的橡皮擦還回去，我就會釋懷了。」

美緒自然流露的表情，不是做作的笑容，也不是想打馬虎眼的苦笑，單純是遵從自身的想法、自身的感受，將心中的困惑表現在臉上。

「該說這就像是懶得去完成、一直置之不理的暑假作業嗎？等到真的開始動手時，卻又一下子就結束了……讓人覺得很開心，又有點不滿足……這究竟是什麼情況，老實說就連我自己也搞不懂。」

美緒自知這段發言很莫名其妙，但要解釋自己目前的心情，她實在想不出其他更貼切的形容。

「這是哪門子的感想啊。」

真由子似乎對於美緒的回答感到有趣，終於露出笑容。

「真不像是平日的妳，美緒，居然說出這麼幼稚的話。」

真由子跨出一步，來到美緒的身邊說了一句「來，走吧」，兩人便一同走進車站。

「不過，我很高興妳能這麼坦白。」

有別於真由子那張豁然開朗的笑容，一旁的美緒卻只能露出曖昧的微笑。因為真由子隨口說出的這句話，深深刺入美緒的心中……

美緒與搭電車回家的真由子，在藤澤車站裡道別後，獨自一人走去搭乘前往鎌倉的公車。她坐在空出來的單人座上，心不在焉地望向窗外。太陽已落下，街景換上夜晚的風貌。公車被紅燈攔住，停在原地。在燈光的反射下，美緒看見自己的臉龐，清楚地倒映於車窗上。

「……」

真由子剛才有說過。

自己居然說出如此幼稚的話。

其實美緒也這麼認為。

她只能百般珍惜自己所發現的寶物……總是獨自一人小心翼翼地收藏著。萌生於國中時期的單相思，她並未告訴其他人，也避免被任何人發現，甚至不打算向心上人告白，因為她很珍視、很看重這股愛意，不想使其受到傷害。

但是到頭來，她不想傷害的是自己的心……不願傷害她自己……

單純是不想害自己受傷，於是想盡辦法保護著珍藏這股心情的自己，直到昨天將橡皮擦物歸原主的瞬間……

因此美緒天真地相信著，深信自己的心意從當時就不曾改變，直到現在仍留存在心底。她認為這個想法並沒有錯，不過她自身卻並非仍與當時相同。從國中畢業，升上了高中，而且再過兩個月，就會從高中畢業，倘若順利考上大學，從春天起將會是一名大學生，自然不可能與當時相同，也不該故步自封。

就跟如今再去看一次小學時使用的書桌，會覺得它原來是這麼小的感受很相似……類似於再看一次國中的操場，會認為它竟是這麼狹小的感想……

或許對於現在的美緒而言，當年那單純的愛戀，已隨著時間流逝，變成一段令人懷念的回憶也說不定。

彷彿孩童時期視為寶物的布娃娃，如今卻再也想不起來，以前為何會那麼珍惜它……無法讓故往的自己永遠維持下去。

美緒在頓悟這件事之後，沒來由地感到豁然開朗，心情輕鬆多了。與此同時，也有一種大夢初醒的感覺，總覺得大腦還沒有完全理解過來，因此她自己也不清楚該如何是好。

總之，明天是大學聯合招考第一天，美緒從書包裡拿出參考書，在她把書翻開之前，裝在書包內袋裡的手機發出震動。

是LINE的訊息。

發送者是葉月，她接連傳來『我與相馬同學談過了』、『這都是多虧了與夏目同學妳商量過』、『所以真的很謝謝妳』以上三則簡短的訊息。

過了一會兒，又收到LINE的訊息，這次是來自於群組。精確說來，是一起去水族館玩的五個人所創的群組。最後一次更新是停留在跨年夜的訊息，現在追加了新貼圖。

發送者是陽斗，圖樣是一隻動物角色在彎腰鞠躬，旁邊寫有『好久不見！』的文字，緊接著又傳來『下次一起玩』的貼圖。

美緒不知道葉月究竟說了什麼。

也不清楚陽斗又是如何回覆。

但她此刻已不在意，因此回了一句『等大學招考結束後再說！』

公車抵達某一站公車亭。

「啊、我要下車！」

美緒把拿出的參考書塞進書包裡，直接將手機握在手中，就這麼從座位起身，然後跟著前面的乘客，留心著自己的腳步走下公車。

下個瞬間，有個狀似白色的棉絮，由上而下飄過美緒的視野。

「……咦，不會吧，下雪了？」

美緒抬頭仰望，發現真的下起雪來。白雪輕飄飄地從天而降，接連不斷落下……不過美緒的注意力，也只有短短一瞬間被雪花所吸引。

公車關門後隨即駛離。此刻，美緒發現車道另一頭站著其他人，她聽見了女性開心說話的聲音，以及男性害臊的講話聲。

美緒的目光，自然而然移向車道的對側。因為這兩股聲音，她覺得十分耳熟……

而且，這並不是她的錯覺。

映入美緒眼簾的人影，分別是瑛太與惠那。

惠那整個人飛撲在瑛太的背上。

瑛太被惠那從背後抱住。

「怎麼會……」

美緒無意間說出的喃喃自語，就這麼消散於飛雪之中。

Chapter 5

Snow day

1

瑛太從英文參考書中抬起頭來，發現室內有些昏暗。

今天是一月十二日星期五，也是大學聯合招考的前一天。

這天，瑛太一早便前往學校，在自習室裡專心念書。到了放學時間，他就前往教職員室歸還自習室的鑰匙，途中沒有閒晃，直接回到家中。

返家後，他換上居家服，又繼續坐在書桌前埋頭念書，就這麼過了一天。

瑛太今天著重於英語科目。由於重新溫習國語和日本史後，出乎意料發現自己回想起許多相關內容，根據出題方向，甚至認為自己能拿下高分。反觀英語，光是基礎部分就讓他覺得很不妙。

其實，瑛太原本就對前一所高中的英語科任教師的教學態度很感冒，導致英語成了他最討厭的科目。無論他做了多少歷年考題，分數仍舊沒有成長的跡象。結果還是老樣子，對錯參半。英語可說是在文科之中，分數最容易與人拉開差距的學科，因此瑛太認為再這樣下去，想通過合格門檻會相當困難。

瑛太將闔起的參考書放在桌上，然後從椅子上起身，伸手摸向房間的電燈開關，但他最後打消開燈的念頭，在居家服上多加一件外套。

瑛太決定外出慢跑，希望能藉此轉換心情。畢竟老是念書，肩膀也會發痠，而且若是再繼續下去，他擔心自己會變得討厭念書。

做好基本的熱身運動後，瑛太便走出房間。

當他在玄關穿上鞋子時，發現有人從背後接近。

「你會在吃晚飯前回來嗎？」

母親前來送瑛太出門。

「我只是出去慢跑一下。」

「路上要小心車子喔。」

「我又不是小學生。」

「聽說晚上好像會下雪喔。」

「我知道了。」

瑛太背對母親如此回應後，便走出玄關。

外頭的空氣很冷。冬季的空氣，冷到鼻腔內微微發疼。抬頭仰望天空，現在才剛過五點，就已經找不著太陽的蹤影，天色已換上夜幕的風貌。

站在32號省道上的瑛太，為了以防萬一，他又做了一次熱身運動才開始慢跑。

他朝著陽斗之前為了克服怕狗，與其他人一起前往的鎌倉中央公園的方向跑去。由於前方整條路都是上坡，因此瑛太選擇Z字形穿過此城鎮的路線慢跑。

不時吹來的北風，當真冰冷刺骨。大概是體溫與氣溫落差太大的關係，體內都能感受到吸入的空氣有多麼寒冷。

隨著慢跑的時間越久，瑛太開始加快換氣，呼吸變得比往常更急促。或許是天氣太冷，導致身體無法順利吸收氧氣。瑛太心知肚明，最主要的理由並不是這點。

一股懊悔感，在他的心中揮之不去。

那是第二次以一個打席，與陽斗進行比賽。

有別於第一次，瑛太是為了取勝而迎向挑戰。

他也私下為此做過準備。

其實這兩個星期，他都有持續像這樣外出慢跑，每天也會在鏡子前確認投球姿勢……

因此，瑛太對自己的身體狀況頗有自信，同時因為開始慢跑的關係，也自認為身體已恢復成經得起激烈運動的狀態。

在實際鍛練過下半身之後，直球的球速確實有提升。事實證明，陽斗在第二次的比賽裡多次出棒太慢，瑛太也投得得心應手。即便如此，最後仍被他豪邁地擊出一支全壘打。就是這股懊悔感，促使瑛太邁開步伐向前跑。縱然呼吸再急促，上坡再辛苦，想克服難關的心情仍然佔上風。因此，他不斷往前跑，而且維持著比往常更快的速度。

繞了公園半圈左右，瑛太便沿著原路往回跑。大概是天氣預報說會下雪的關係，今天幾乎沒遇見其他慢跑的人。

當瑛太返回32號省道時，內心充滿疲憊感與舒暢的成就感，也令他深刻感受到自己的身體，已能承受劇烈運動。

不遠處，能夠看見燈火通明的自家大樓，瑛太決定在返家之前，先讓身體冷卻下來，於是就此放慢腳步。全身開始流出大量的汗水。瑛太一邊擦汗，一邊慢慢向前走。

一路上，能看見汽車往來穿梭的車頭燈與路燈，在這些燈火之中，能看見不斷旋轉的紅色警示燈。

有一輛警車停在二十四小時營業的超市停車場裡。瑛太原先以為是超市遭竊，基於好奇而上前觀望，結果卻在現場人影之中，發現一位眼熟的人。

「小宮……？」

沒想到自己的熟人會出現在這裡，瑛太震驚之餘，不禁低聲喊出對方的名字。

那位由女警陪伴著、一直低著頭的人，確實就是小宮惠那。她此刻的表情，陰鬱得完全不符合她平日的作風，看起來甚至有些害怕。

「就是這個小女生啊～！」

一道粗魯的聲音，來自距離惠那大約五公尺遠、位於停車場裡的警車附近。現場有一名看似已經喝醉酒、滿臉通紅的中年男子，被兩名男性員警安撫說「別氣別氣，先冷靜下來再說」，但他仍伸手指著惠那的方向。

惠那見狀，更是驚恐地縮緊身子。

這種時候裝作沒看見，事後肯定會良心不安。

「妳還好嗎？」

瑛太走到惠那的身邊，出聲關切。

惠那先是渾身一抖，當她抬起臉來時，神情充滿不安，不過她發現來者是瑛太之後，便顯得一臉安心，輕聲呼喚：「泉學長……」

瑛太表明自己是惠那所屬高中的學長後，女警便向他解釋整起事件的來龍去脈，並且拜託瑛太說：「能請你送她回家嗎？」

當下的氣氛，令瑛太難以回絕。

瑛太得知惠那是住在片瀨山附近之後，便幫她推著機車，沿著32號省道往藤澤的方向前進，惠那則是與他相隔三公尺左右，緩緩地跟在後頭。

「……」

「……」

兩人幾乎沒有交談，倘若換作是往常，惠那總會滔滔不絕地與瑛太攀談，可是現在一直顯得很沮喪。

「心情有稍微平復下來嗎？」

已受夠沉默的瑛太，越過肩膀向惠那搭話。他側頭瞄了一眼，發現惠那仍低著頭。

「就是因為妳擅自替人拍照，才會惹出糾紛喔。」

這就是此次事件的真相。中年男子的怒斥聲，聽說甚至傳進了超市裡，店員才連忙報警處理。

「……我又沒在拍他。」

正當瑛太以為得不到回應時，惠那以鬧彆扭的語氣提出反駁。看她的樣子，應該有稍微打起精神，不過音量仍有點小……

「那妳在警方來處理之前，直接這麼回答不就好了？」

「因為那個人忽然抓住我的手大喊『妳是在拍什麼！』然後又一直罵人……害我慌了手腳……」

瑛太利用機車的後照鏡看向惠那，發現她幾乎快哭出來，氣呼呼地嘟起嘴巴。平日那副春風得意的模樣，早已不復存在。

「歸根究柢，這都是泉學長你害的喔！」

「為什麼……？」

瑛太聽得一頭霧水。

「都怪你不答應讓我拿你的照片去參加比賽！」

這擺明是在遷怒，卻能感受到惠那已沒有餘力保持理性。既然如此，只要能讓惠那冷靜下來，無論她怎麼發脾氣，對瑛太而言都是能夠忍受的小事。

「小宮，妳為何這麼執著於攝影社呢？」

打從相識開始，瑛太多少對此抱持疑問。由於瑛太未曾有過會令他拚了命想守護的事物，因此他感到難以理解。

「就只有那裡，可以讓我跟人討論攝影的事情……看在別人眼中，或許只是個攝影社……不過對我而言，卻是夢寐以求的場所。我就讀國中時，學校裡並沒有攝影社……即使想成立攝影社，也完全招收不到社員。對於參加棒球社這種熱門社團的人來說，肯定無法理解這種感受。」

瑛太之所以沒有回答，是因為惠那說的全是事實。縱使是各校都有的棒球社，瑛太搬到福岡時也沒有參加。

「不過這所高中裡有攝影社……終於有個能讓我與人討論攝影的地方。雖然社員只有我，以及兩個老是拍攝電車照片的男生……但是對我而言，真的是非常難能可貴，因此我豈能眼睜睜看著它消失嘛……！」

瑛太停下腳步，回頭望去，發現眼中泛淚的惠那，目不轉睛地瞪了過來。那雙眼睛很符合她那總是拚盡全力的作風……就這麼注視著瑛太。

「我明白了，妳想怎樣都行。」

「你根本不明白我的心情！什麼叫做我想怎樣都行！」

「妳誤會了，我不是那個意思……妳可以拿我的照片去參加比賽。」

「……咦？」

難得看見惠那像這樣慢一拍反應，一副目瞪口呆的模樣。

「我先聲明，即使最後沒得獎，也不關我的事喔。」

瑛太拋出這句話之後，便繼續推著機車往前走。最主要的原因是，他感到很害臊。

就在此時，瑛太驚覺有東西跳到自己的背上。惠那的兩條手臂從後方環抱住瑛太頸部。

「謝謝你，學長～！」

惠那緊緊抱住瑛太，完全沒有鬆手的跡象。

「好啦好啦，這樣很危險啦。」

畢竟瑛太還推著機車，儘管被惠那撞得腳步不穩，他仍勉強穩住身形，沒有跌倒在地。

此時，瑛太發現車道對側有道人影，他看過去，視線卻被車子擋住，沒辦法瞧仔細。

當車尾燈離開視野後，一道彷彿逃跑般快步急奔的背影，映入瑛太的眼眸。當下，他只能看清楚像是學校制服的裙子，以及對方長得不高。那個人很快就消失在呈現直線的街道深處，他的目光來不及追上那道身影。

瑛太的腦海裡，隱約浮現出一個名字。

夏目美緒——

總覺得那道背影很像是她。

2

瑛太的耳邊，傳來聽似小蟲子的振翅聲，斷斷續續發出三、四次嗡嗡作響的聲音。此時，瑛太才驚覺是手機的震動聲。醒來後，他伸手摸向不斷在枕頭邊發出聲響的手機。

瑛太原則上有握住手機，可是眼皮卻重得睜不開，在他終於微微睜開雙眼時，螢幕上的數位時鐘，顯示現在已是八點過後，他隨即閉上眼睛。

瑛太如此疲倦的原因，是他昨晚有些失眠。儘管他在凌晨一點半左右躺上床，卻覺得自己是接近早上六點才終於睡著。瑛太最後一次確認時間，已是早上五點以後了。

關於失眠的原因，瑛太有自知之明。

如果當時在車道對側的人影，就是夏目美緒……瑛太每次一想到這裡，就會有一股近似於焦慮的情緒催促著他，導致他完全睡不著。

瑛太並沒有做任何虧心事，單純是撞見惠那捲入一件不算嚴重的麻煩事，才上前關切而已。因為不放心讓惠那一個人回家，才護送她到住處附近。確實惠那像是想讓人把她背在身上，一度跳到瑛太的背上，不過瑛太並不希望出現這種狀況，也沒有唆使惠那做出這類舉動。瑛太有膽大聲宣布，那些都不是他自願的。

更何況若是被美緒撞見，瑛太應當也沒必要思考這些如同藉口般的理由。說來遺憾……畢竟瑛太與美緒之間，就只是互相認識，大不了算得上是朋友，並沒有更深入或其他特別的關係。

就算以上見解多麼合情合理，瑛太直到現在仍覺得心情七上八下。

起先，瑛太以為只要經過一晚，內心就不再那麼糾結，事實證明他錯得離譜，反倒是他在清醒後，到頭來仍想著同一件事情。

拜此所賜，他的思緒慢慢變清晰，眼皮也終於能夠睜開。

這讓瑛太有餘力再次確認手機螢幕上的內容。

瑛太仍躺在床上，他將目光移向手機。手機從剛才不斷發出震動，原因是接連收到ＬＩＮＥ的訊息。與陽斗等人在前陣子成立的聊天群組裡，顯示著收到幾則新訊息。顯示於頂端的訊息，是依子發送的。

——夏目同學，這場雪沒有影響到妳吧？

瑛太在腦中來回思索這則訊息的意思。

雪。

在想通意思之後，瑛太一把掀開被子，從床上跳起。他拿著手機，三步併作兩步地走出房間。

「哎呀，早安，瑛太。」

瑛太沒有理會人在廚房的母親，認真觀看正在播放晨間新聞的電視。目前剛好正在報導各地氣候，男性氣象預報專家向女主播提及關東地區自昨晚不停降雪，首都地區更是創下積雪厚達十公分的紀錄，接連插播大眾交通工具延遲發車與停駛的快報。氣象預報專家與主播皆露出微妙的表情，說了一句「今天正好是大學聯合招考日，真令人擔心呢」，然後彼此點頭以對。

接著現場直播新宿車站前的狀況，只看見大雪紛飛，地面有大量積雪。

此時，瑛太手中的手機再次傳來震動。

——電車呢？沒停駛吧？

這則訊息，來自擔心美緒今日必須趕往考場的葉月。

——不行，停駛了，這下該如何是好？

瑛太在看到美緒的回覆時，身體已自行做出反應。他衝進臥室，不加思索換上外出服。他為了盡可能提早換好衣服，心無旁騖地更衣，然後立刻奔出房間。

後頭傳來母親的呼喚聲，瑛太仍頭也不回地奪門而出。

瑛太搭乘電梯前往一樓，來到戶外。他的步伐一瞬間出現躊躇，因為已被大雪覆蓋、宛如置身於異世界的街景，映入了他的眼中。

天空仍不停降下無數的雪之結晶，小的約莫五公厘，大的足足有一公分左右。豆大般的雪花，把街景染成一片白。

瑛太咬緊牙根，邁步走進被白色所支配的世界裡。

積雪絆住瑛太的腳步，令他寸步難行。

瑛太沿著大樓居民鏟過積雪的路線前進，首先來到32號省道上。即使是車流量較大的路段，路面上也有大量積雪。上行與下行的車道，都只剩下一線能通行。兩旁的積雪，厚到車輛無法通行。

瑛太原本打算搭乘公車前往藤澤車站，一度來到公車亭等車，不過從鎌倉方向駛來的車速十分緩慢，看得瑛太是既焦急又煩躁，而且遲遲不見公車的蹤影。

瑛太在心中咒罵一句「可惡！」開始拔腿狂奔。

由於積雪的關係，當真是很難快步奔跑。行經某些路段，更是積滿了剛下的雪。從車道上清掉的積雪，有些會直接堆放在人行道上，瑛太就這麼被積雪的高低差給絆到腳，當場摔了一大跤。

瑛太感受來自膝蓋的痛楚，但還是馬上起身，而且為了加快速度，拚死跨出腳步。

他緊握在手裡的手機，不斷發出接收到新訊息的通知。

——其他路線呢？

——也都停駛了。

想盡快趕去她的身邊，想盡可能多前進一公尺而邁開步伐。

此刻的瑛太，滿腦子只剩下這些想法。

——公車呢？

——都延遲了，而且因為車一直沒來，這裡擠了好多人。

瑛太心知肚明，縱使自己趕過去，也幫不上任何忙。

他不知道有什麼方法，能夠讓大雪造成停駛的電車重新運行。

——怎麼辦？這樣可能會趕不上考試時間。

現在的瑛太，沒有任何手段能把滿懷不安的美緒送往考場。

就算他抵達車站，終究是無能為力。

更何況瑛太突然出現在眼前，美緒又會怎麼想？

這麼一來，她肯定會猜出瑛太的心意……

「那又怎樣！關我屁事啊！」

瑛太放聲大吼，在雪中飛奔疾走。他已氣喘如牛，雙腿疲憊，剛才摔倒撞傷的膝蓋也疼痛不已。像這樣費盡力氣趕往美緒的身邊，到頭來根本幫不上任何忙。此時趕去找她，她勢必會看穿瑛太的心思。

瑛太每跨出一步，腦中就會浮現近似藉口的話語。

不過，即使把這些話全加在一起，也無法構成讓瑛太就此停下腳步的理由。

瑛太就這麼找不到令自己止步的理由，看見大雪紛飛之中的藤澤車站。

因大雪而接連導致電車停駛的車站裡，充斥著人們的喧囂聲。現場不斷傳來站務人員說『很抱歉給各位乘客造成不便』的廣播聲。耳聞此事的乘客們，有的人已經死心放棄，有的人顯得相當沮喪，有的人看似十分焦急，有的人更是氣急敗壞，在上述情緒混雜交融之下，營造出一股不和諧的氣氛。

瑛太穿梭於人群之中，尋找著美緒的身影。他那雜亂的呼吸，毫無一絲平緩的跡象。流經額頭的汗水宛如雨下，令瑛太懶得動手抹去。

現場是人滿為患。

多到想從中尋找特定人物，形同是大海撈針。

原本就無意半途而廢的瑛太，竟然難以置信地輕鬆找到美緒的身影。

此刻位於車站二樓，在ＪＲ剪票口附近的她，彷彿在心中禱告般，一臉不安地仰望著只顯示「停駛」的電子班次表。

一名神情煩躁的男性上班族，行經美緒身邊時，不巧撞到她的肩膀，可是他完全沒有開口道歉，逕自朝著公車轉運站的方向走去。

瑛太原本想上前理論，但是被撞到的美緒不慎腳滑，當場跌坐在地，手中的手機也掉到地上。這樣的狀況，瑛太豈能坐視不管。

瑛太無暇調整呼吸，迅速跑向美緒的身邊。

「真是夠了，為何偏偏發生在今天……虧我那麼認真念書……」

美緒發出近乎哭腔的聲音，將手伸向落地的手機，不過瑛太快了一步幫她撿起手機。

「這個……」

瑛太簡短說完，將手機遞給美緒。他現在是上氣不接下氣，沒辦法好好說話。

「謝謝……啊、咦？」

美緒抬起頭來，睜大雙眼地盯著瑛太。

「你怎麼會……？」

「我只是碰巧路過……」

瑛太不著邊際地抹掉滴下的汗水，仍掩飾不了眼前的狀況。無論以何種角度來看，瑛太都不像是碰巧路過，但他根本沒想好藉口，只能這麼回答。

「那怎麼可能嘛。」

美緒隨即開口吐嘈。瑛太對此沒有回應，他為了扶起美緒，伸手抓住她的手臂。

「快起來，廣播說電車已重新運作。」

站務人員以略顯興奮的口吻，廣播電車恢復運行的消息。縱使接下來的班次應該也會誤點，但至少電車已能行駛。

等美緒起身後，瑛太馬上拉著她的手，快步穿過剪票口。

「先等一下啦，泉！」

瑛太無視美緒那大感困惑的抗議聲。此時已能看見一輛電車，駛進位於手扶梯下方的車站月台。瑛太認為眼下的第一優先事項，就是搭上那輛應當早已人滿為患的電車。

「請乘客們盡可能往車廂內移動！」

月台上傳來站務人員的指示。

「車門即將關閉！」

瑛太身處在擠得水洩不通的車廂內，默默祈禱車門能趕緊關上。不知是否老天爺聽見這個願望，電車的車門緩緩闔起。外頭的喧囂聲漸漸遠去，瑛太與美緒……以及其他無數乘客們搭乘的電車，終於自藤澤車站出發。

瑛太讓美緒站在內側的車門邊，與她抓著相同的把手，自己則站在她的面前。這是一輛已經客滿、令人快要窒息的電車。

瑛太和美緒的距離，近得幾乎能聽見對方的喘息聲。

不過瑛太並沒有感到害臊或興奮，因為美緒從剛才起，就一直神情不安地低著頭……

「已經趕不上考試了……」

美緒低聲說出喪氣話。

「沒有宣布考試時間延後的消息嗎？」

「咦？」

「畢竟歷年來的新聞，都有報導過這類消息。」

「……啊。」

美緒在瑛太的胸口前扭動身體，將手機拿出來，經過一番操作，抬起頭說了一句「有耶」。她現在的表情有變得開朗一點，但仍以不安的神色為主，看起來很可能又會因為一些小事而哭出來。

「既然如此，勢必能夠趕上考試時間。」

其實瑛太一點把握都沒有，但他還是想說點什麼，最後只想到這句話。

「但是……在雪天出門就一直碰到突發狀況，途中還不慎跌倒，衣服都弄濕了……討厭，之前念的書，肯定都忘光了……」

瑛太原本想幫忙打氣，卻認為自己說得再多，都只會增添美緒的不安。話雖如此，假若什麼忙都幫不上，自己站在這裡也就毫無意義。

「今天的科目是日本史吧？」

「嗯……是沒錯啦。」

「那麼，現存最古老的手寫筆記是什麼？」

「……咦？」

原先低著頭的美緒，抬頭瞄向瑛太的臉龐。

「這是日本史科目的問題。現存最古老的手寫筆記是什麼？」

「……御堂關白記。」

美緒露出從記憶中搜尋答案的模樣，戰戰兢兢地說出答案。

「寫下御堂關白記的人物是？」

「藤原道長。」

美緒這次以更加堅定的語氣回答。

「奈良時代，利用乾漆技術上漆打造的東大寺佛像是？」

「東大寺法華堂不空羂索觀音。」

美緒以富有旋律的口吻編織成話語，聽起來莫名有自信。

比起剛才的模樣，她此時已恢復平常心。

「妳記得很清楚嘛。」

剛才的問題全都答對了。

「……為何你有辦法出題呢？明明就只是推甄合格組。」

美緒露出略顯憤恨的眼神。這是今日之中，最符合她平常作風的表情。瑛太見狀後，感到莫名欣慰。

「畢竟直到確定推甄合格之前的秋天，我都有在看書啊。」

瑛太並沒有撒謊，但也沒有說出實話。

電車突然一陣晃動，有乘客從背後推擠瑛太。瑛太將手撐在車門上，拚死維持站姿，為了避免壓在美緒身上，他咬緊牙根撐住身體。

此時，他能從下方感受到美緒的視線。

「……謝謝你。」

「謝什麼？」

瑛太感到很不好意思，故意裝傻。

「那麼，你繼續出問題考我。」

美緒似乎對於道謝被忽視一事感到很不滿，於是臭著臉提出要求。

「日本書紀有引用官員筆記裡的文章，是誰留下被派遣前往唐朝時的紀錄？」

「伊吉博德。」

像這樣交談，對瑛太而言也比較輕鬆，因此他繼續出題考美緒，直到抵達考場所在大學的車站之前，就這麼持續下去……美緒也開口回答問題，在到站之前，就這麼持續下去……

「距離考試開始時間還有三十分鐘！請各位考生不必著急！」

考場所在的大學校門前，有考場人員將雙手貼在嘴邊，對著快步奔跑的考生們大聲喊話。

從車站一路小跑步過來的瑛太和美緒，都放心地鬆了一口氣。

「幸好趕上了……」

美緒安心地說著。

「夏目，這個給妳。」

瑛太叫住美緒，從口袋裡掏出一個保佑考試合格的護身符。

「這是我在福岡求來的，應該會很有效。」

美緒伸手握住護身符，在注視過一段時間，提問說：「是大宰府嗎？」

「是菅原道真。」

「你的回答很討人厭喔。」

美緒喜形於色地笑出聲來，然後珍惜地將護身符收進口袋裡。

但是當她再次看向瑛太時，不知為何顯得很不開心。

「怎樣？」

美緒那副嚴肅的表情，令瑛太十分介意，害他不由得開口提問。

「等考試結束後，我可能有事想問你。」

「可能？」

「就是有事啦。」

被挑出語病後，美緒斬釘截鐵地說出這句話。

瑛太想到的理由有好幾個。自從跨年那天以來，兩人就不曾像這樣聊天。再加上昨晚的事情。其中最令瑛太傷腦筋的一件事，就是被問到他今天為何會做出這種舉動……

但如今已無法逃避或掩飾，只能相信船到橋頭自然直了。

「我明白了。」

因此，瑛太以明確的答覆做下約定。

「那麼，我會加油的，謝謝你。」

美緒微微一笑，快步走進考場內。
直到再也看不見美緒的背影，瑛太便一個右後轉，沿著原路慢慢走回去。
不久之後，手機傳來震動，發出收到訊息的提示。
——我趕到考場了！謝謝大家的關心。
是美緒在群組裡發送訊息。
於是葉月、依子與陽斗三人，紛紛傳送鼓勵的貼圖。瑛太也準備傳送『加油喔』的貼圖，但是最後打消了念頭。
原因是剛才送出去的那個護身符，就足以表達他的心意了。

3

一陣比柏尾川高中低音的鐘聲，在考場的教室裡響起。
「請把筆放下，開始回收答案紙。」
站在講桌前的中年女性監考官，從右至左觀察著教室，確認是否有人作弊。

儘管並非基於指示的關係，美緒仍把筆放下，將雙手放在膝蓋上。周圍的其他考生，也維持端正的坐姿，等待著監考人員收走光學答案卡。

教室給人的印象是既簡樸又整潔，與高中截然不同。在美緒每天上課的三年一班教室裡，牆上張貼著課程表與掃除值日生名單，還有雜物擺放在角落，看起來是充滿生活感，但這裡卻完全看不到。因為大學生並非總是在同一間教室上課，所以才會缺乏教室有被珍惜的感覺。

美緒一邊如此想著，一邊耐心等待，隨後便有監考人員前來回收答案紙。

「那麼，本日的考試到此結束，請大家離開時，不要忘記隨身物品。」

於前座收拾行李的男性，很快就走出教室。即使考試已經結束，教室內仍瀰漫著一股緊張感，這是因為明天也要來這裡應考。

由於這裡不是讓熟人聚會的地方，因此聽不見任何談笑聲，所有人紛紛走出教室。

美緒把光學答案卡專用的鉛筆套上筆蓋，與橡皮擦一起收進鉛筆盒裡，然後把畫上答案記號的試卷也收進包包裡。

來到走廊後，美緒將手機開機。大家可能是基於體貼，並沒有留下任何新訊息。

當美緒將手機收進外套的口袋裡時，指尖摸到了某樣東西。

她拉著摸到的繩子，將物品拿出來。

定睛一看，是瑛太考試前相贈的護身符。

美緒不自覺地放鬆表情。確實如瑛太說的「這個護身符應該很有效」，考題全是自己擅長的，能夠期待拿下高分，而且瑛太在電車裡問的問題，幾乎一字不差地在考題中出現。

——這下子，非得向他道謝不可。

——而且我也有事想問他。

但是站在擠滿考生的走廊上使用手機，會妨礙到其他人，因此美緒決定先走出室外。

天空已不再降雪。

太陽從雲層間露出臉來，不過寒冬中的柔和陽光，無法融解地面上的積雪，導致腳底仍冷冰冰的。

踏上歸途的考生們，朝著車站形成一條人龍，將地面的積雪踩得相當牢固，讓人更易於通行。這樣的路況，遠比上午好多了。

呼出的氣息，被染成白色。

由於考試期間不停動腦，讓美緒覺得自己好像有些發燒，因此反而覺得這樣的低溫，更令她感到舒適。

抵達車站後，美緒獨自搭乘與來時相反方向的電車。就算路途顛簸，但只要搭上車，就一定會把美緒送達她所居住的城鎮。

許多人陸續在途中的車站下車，此時只剩下美緒一個人，坐於空出來的座位正中央。至此，她才深刻感受到自己比想像中更疲倦。

大概是因為下雪，導致走路方式與平常不一樣的關係，美緒覺得自己的小腿已腫脹發痠。

擔心自己會肌肉痠痛的下個瞬間，美緒忽然想起瑛太。

「……」

腦海中浮現出瑛太的臉龐，同時將手機拿了出來。

──我得向他道謝才行。

──另外也有事情想問他。

美緒啟動ＬＩＮＥ之後，點擊『ＥＩＴＡ』的ＩＤ。

當她正要輸入訊息時，才開始煩惱要說些什麼。

在美緒還想不出答案的期間，電車已停靠於下一站。

「我幫忙拿一半。」

「不用啦。」

美緒抬頭望向聲音的來源，原來是身穿制服的一男一女走進了車廂。兩人的臉上仍帶有稚氣，想必還是國中生。

男生提著一個很大的行李，是長度約莫一公尺的圓筒狀容器。照此看來，大概是能夠裝入籃球或排球的折疊式置物籃。另外，他肩膀上還扛著一個保溫箱。

「等下車之後，就換我拿吧。」

女生再次提議。

「不用啦，反正很輕。」

男生像是鬧脾氣地把臉撇開。乍看之下，會令人以為他在生氣，不過從旁觀察的美緒，十分清楚那名男生只是在害羞罷了。

話說回來，那個人也經常露出這種表情。

他就是國中時期的泉瑛太。

令美緒仍印象深刻的一件事，發生在她加入學生會之後。當時除了美緒以外的其他成員，都有加入其他社團，因此不太重要的工作，美緒大多都會一人包辦，她也並沒有對此感到痛苦。

可是瑛太卻對她說「我說夏目啊，妳這個人也太容易吃虧了吧」。說出這句話的瑛太，神情看似在鬧脾氣，而且還將目光撇開。

美緒認為，應該是因為她當時是獨自一人搬著裝滿學生會各種資料、相當沉重的紙箱，才讓瑛太產生這樣的感想。

不過瑛太之後也來幫忙，剩下的紙箱很快就搬完了。

所以美緒並不覺得自己吃虧，反倒認為真正吃虧的人是瑛太。他既得不到其他人的認同，也沒有獲得任何好處，特地跑來幫忙美緒，前來伸出援手。除了那天以外，這類事情發生過好幾次。

就跟今天的情形很相似。

在電車停駛時，瑛太突然現身於滿懷不安的美緒面前、前來幫助一想到趕不上考試就不知該如何是好，為此擔心受怕的美緒、就算美緒內心受挫，幾乎想要放棄時，瑛太仍拉著美緒的手，一路帶她前往考場……

從當時起，瑛太就總是這麼照顧美緒。

直到此刻，美緒才驚覺到這件事。

現在的她，已不再是無法看穿其中含意的年紀。

美緒覺得身體逐漸發燙，甚至感覺臉頰十分燥熱。

已關閉螢幕的手機，倒映出自己未曾見過的表情。

那張表情，像是感到高興，像是感到害羞，又像是感到心癢難耐，略顯開心的樣子。其中又帶有興奮的感覺，以及困惑的感覺，不過基本上還是一臉欣喜。

對此抱有自覺後，美緒倒映於手機螢幕上的臉龐，突然蒙上一層陰影，被不悅的神色所取代。

——既然如此，當時又是怎麼回事？

昨天下公車後，隨即目睹的那幅光景，浮現在美緒的腦海中。惠那為何會整個人抱在瑛太的背上……

今天考試前，美緒曾說過有事想問瑛太。可是現在的她，既覺得想問清楚，卻又不想問清楚，但還是想問清楚的心情，全都是她的心底話。

美緒感到猶疑不決，操作手機的指頭一直保持不動，到頭來只輸入短短一句話『今天很謝謝你』，最終仍沒有按下發送鍵，並刪除整段訊息。

當她一再重複上述動作時，忽然收到ＬＩＮＥ的訊息。

「……！」

在看清楚發送者的ＩＤ之後，美緒差點驚呼出聲。

因為美緒此刻的心情，與這個名字息息相關。

——請問今天方便出來見個面嗎？

以上是來自小宮惠那的訊息。

面對用詞禮貌到不像是來自惠那的訊息，美緒狐疑地偏著頭。說起平日的惠那，都是發送『會長，妳今天有空嗎？』這類直來直往的訊息。

或許是自己不想聽的事情——但是美緒不願對惠那擺出逃避的態度，因此回了一句『好的』，接著告知她『我快要抵達藤澤車站』之後，便約在剪票口前碰面。

抵達藤澤車站之前，約莫十分鐘的時間，美緒針對惠那的來意進行思考。事實上，只要見面就能馬上揭曉答案，不過就算明白這個道理，仍阻止不了自己的思緒。

是關於攝影社的事情嗎？

還是之前看過的、以瑛太為主的那些照片？

或許是惠那想拜託美緒去說服瑛太，請他同意拿那些照片去參加比賽。

要不然就是……

到頭來，美緒依舊得不出結論，電車便抵達了藤澤車站。

美緒下車來到月台，在大大呼出一口氣之後，搭乘手扶梯前往剪票口所在的車站二樓。

她將ＩＣ卡移向感應裝置，穿過剪票口。

很快就發現等在外頭的惠那。

「妳有什麼急事要找我嗎？」

美緒壓下心中緊張的情緒，慢慢走向惠那。

惠那直直盯著美緒的雙眼。

「……」

「……」

惠那的神情，果然有別於往常給人的感覺。所以此時此刻，美緒有股不祥的預感。

「是關於泉學長的事情。」

美緒聽見這個名字，內心沒有一絲動搖，只有「果然不出我所料」的念頭。

「我可以邀請學長去約會嗎？」

惠那注視著美緒的眼眸，完全沒有避開她的目光如此宣布。

該如何回答這個問題，美緒未曾思考過。

因為在她想清楚之前，答案已經脫口而出。

「不行。」

Chapter 6

Answer

1

瑛太重新檢查完答錯的英語閱讀測驗後，用力伸了個懶腰並發出「嗯～」的呻吟聲。接著他將身體靠在椅背上，把頭向後仰。看著呈現上下顛倒的臥室所帶來的些許新鮮感。

感受到血液逐漸累積至頭頂後，瑛太便重新撐起身體坐好。

「唉……」

瑛太之所以不自覺地嘆了一口氣，是因為他切身感受到自己對於考試的準備不夠充分。依照他現在的水準，想通過大學獨立招考肯定很困難，可是他依然不想放棄，才會像這樣發出嘆息。畢竟要克服的難關，可說是堆積如山。

為了確認時間，瑛太伸手摸向手機。

觸碰按鍵後，螢幕隨即發亮。

現在剛過十一點半。

日期顯示是一月二十一日。

距離下大雪的大學聯合招考當天，過了大約一週。縱然大馬路上的積雪幾乎都已融化，但巷道內的陰影處，仍留有因剷雪堆積而成的小雪山。此刻的瑛太，就跟那些積雪一樣，直到現在仍掛心著一件事情……自那天起就未曾融解，一直盤據在心底。

「她想問的事情，究竟是什麼啊……」

夏目美緒當初都那麼清楚明瞭地說過「等考試結束後，我有事情想問你」，結果直到今天為止，她完全沒問過任何事情。

感覺上並非時機不對，或是遲遲沒有機會，其實兩人曾經在學校的走廊上擦肩而過。在ＬＩＮＥ的群組裡，也能看見美緒與陽斗、葉月以及依子互相閒聊。

甚至昨天還以慶祝聯合招考結束的名義，大家中午一起在葉月家裡吃火鍋。儘管陽斗、葉月和依子都在場，美緒仍與瑛太在同一個空間裡，共處超過兩個小時。當離開葉月的住處時，他也跟準備前去補習班的美緒同路。

大家不時閒話家常，但是重新想想，根本沒有兩人單獨交談的印象。

這令瑛太莫名有一股疏遠感。

不管怎麼想，都只像是美緒刻意的。

至於美緒這麼做的理由，瑛太也並非毫無頭緒。

就是大學聯合招考當天……在那場大雪之中，瑛太特地前往藤澤車站去找美緒。

縱使美緒當下太過驚慌，不明白瑛太此舉的用意，但是等到考試結束、心情冷靜下來後，她勢必會察覺出來。現在恐怕已經看穿瑛太那一連串舉動的背後，隱藏著怎樣的心意。

如此一來，瑛太豈能主動挑起話題表示「妳在聯合招考當天，不是說過有話想問我嗎？」這麼做肯定是自掘墳墓。

不過，關於美緒表示「我想問你」究竟所指何事，瑛太還是非常在意。這一週來，當他回神時，就發現滿腦子都是這件事。

「……」

就像現在，思緒同樣被困在死巷裡。瑛太思索著脫困方法時，桌上的手機發出震動。是手機收到ＬＩＮＥ的訊息。發送者是小宮惠那。

——學長，不許忘記今天的約定喔，下午一點在湘南江之島車站集合。

訊息的內容如上。

昨天，瑛太收到來自惠那的聯絡，她提到『由於學長同意讓我拿照片去參賽，我想找機會報答學長，麻煩你週日抽空出來一趟。』

起初，瑛太回了一句『這點小事不算什麼』，惠那卻強調『我不希望被學長當成是不懂感恩的人』，最後瑛太只得回答『中午出去一下是可以』，於是兩人便相約見面。

瑛太吃完母親準備的烏龍麵當作午餐後，拋下一句「我會在吃晚飯前回來」就出門了。

瑛太維持以往的速度，沿著被當成公車專用道的32號省道前進一段距離，途中轉進超商旁的巷道裡。想要前往單軌車站，這類車流量較少的巷道，總是比較好走。

瑛太在國二冬天之前所就讀的國中，恰好位於附近。能看見該國中的校門，就在前方五十公尺左右。一股懷念之情，令瑛太停下腳步。

這所國中位於上坡的半途，即便由下往上望去，會因為樹林的關係，無法看清楚校舍，不過周圍的氣氛，卻讓瑛太覺得與當年幾乎毫無變化。

稍微進去看看吧——當瑛太閃過這個念頭時，校門前那條呈現Y字形的岔路上，走出一道人影。此景映入眼眸的下個瞬間，瑛太感到心頭一震，因為來者正是夏目美緒。

注意到瑛太的美緒，也同樣一臉錯愕。她先是停下腳步……隨後便朝著瑛太走過來。

「你要出門呀。」

「妳是去補習班嗎？夏目。」

美緒背在身上的，是平時那個裝滿學習用品的包包。

「誰叫我是考生呀。」

語畢，美緒那道憤恨的眼神裡寫著「真羨慕你們這種推甄合格組」。

輕軌列車剛離開的湘南深澤車站月台上，完全看不見其他乘客。

現場只剩下在此等車的瑛太……以及不知為何跟來這裡的美緒。

美緒站在距離瑛太三步的位置，默默地操作著手機。

「妳不是要去補習班嗎？若是想前往藤澤，搭公車會比較快吧。」

輕軌是開往湘南江之島，雖然從終點站轉乘江之電鐵可以抵達藤澤，但會繞一大圈。

「你準備去約會嗎？泉。」

低頭看著手機的美緒，冷不防地提出這個問題。

「妳說約會是什麼意思？」

「上面的解釋是……『感情要好的男女相約會面，也能稱為幽會』。」

美緒將顯示著辭典的手機畫面，特地伸到瑛太的面前。瑛太能感受出來，美緒是刻意做出這種舉動，但他對於造成美緒如此反應的原因，卻是一頭霧水。

「……」

因此，瑛太找不到適合的話語來回應，只能透過目光向美緒尋求解釋。美緒似乎察覺出瑛太的意圖，便再次開口提問。

「如果不是去約會，你又要上哪去呢？」

「就算妳這麼問我，那個……」

瑛太反射性地不願坦白要與惠那見面，而且刻意掩飾之後，更是令他難以啟齒。

「對方是小宮學妹嗎？」

不知基於何種原因，反倒是美緒開口提出這個問題。

「為何妳要扯到小宮啊？」

瑛太也不懂自己為何動搖，但是此刻從美緒口中說出惠那的名字，令他不禁繃緊全身。

難道美緒知道了什麼嗎？還是純粹出於偶然？無論結果如何，瑛太都感到七上八下。

「誰叫你們要好到都抱在一起了。」

隨口說出這句話的美緒，一臉煩悶地眺望著遠方。

「唔!?當時那個人……果然是夏目妳。」

那時，瑛太覺得好像有人看著他們，而且也目擊到某人轉身離去的背影。至於那道背影，看起來很像是美緒……不過這也是理所當然，畢竟那道背影就是美緒本人。

「……」

美緒沒有承認或否認，從她的側臉，實在無法讀懂她的心思。

或許就是基於這個原因，瑛太才有辦法說出口，才有辦法問出來，他這一週以來，一直非常在意的那件事。

「夏目，妳說過有事情想問我吧？」

事實上有一半的理由，是瑛太很想轉移話題。

「……」

「就在聯合招考當天。」

面對沉默不語的美緒，瑛太如此補充解釋。於是，美緒斜眼瞄向瑛太。

「無所謂，反正我差不多都知道答案了。」

語畢，美緒將目光移回正面。恰好開往湘南江之島的輕軌列車駛進月台，在發出一陣刺耳聲響的同時，慢慢停了下來。

車門開啟後，美緒率先走進車廂內。瑛太在心中嘀咕一句「但我想不明白啊」，無奈地跟著進入車廂。

車廂內有四人對坐的空座位，美緒與瑛太分別坐在斜對角的座位上。

車門關閉後，輕軌列車開始行駛。

瑛太一臉困惑地望向窗外，玻璃倒映出他那困惑的臉龐。美緒能感受到瑛太不時把窗戶當成鏡子，藉此窺視她，但就算她已經察覺，卻未曾與瑛太四目相交。

美緒明白是自己給瑛太帶來了困擾，不過以她的立場而言，並沒有想給瑛太增添煩惱，儘管不清楚瑛太如何看待她，但是她也對於自己的舉動感到困惑。

——我到底在做什麼？

如瑛太所言，倘若要前往補習班，從超商附近的公車亭搭乘公車，是最省時的路線，美緒平常也採取這種方式，現在卻一路跟著瑛太到單軌車站，甚至還一同搭乘輕軌列車。

——因為這一個星期，我都很在意那件事……

惠那是依照當時的宣言，主動邀瑛太約會嗎？如果是這樣，瑛太也接受了邀請嗎……

「……」

「……」

就在兩人不發一語的期間，輕軌列車行經西鎌倉站，抵達了下一站的片瀨山站。

車門開啟，有人從後方入口上車。

「啊、泉學長！」

瑛太聽見呼喚聲，目光移向美緒後方。輕快的腳步聲接近，經過美緒的身邊。

「啊、會長？」

一臉訝異注視美緒的人，正是小宮惠那。由於座位是四人對坐，美緒恰好被椅背擋住，惠那才會沒看見她。

惠那維持著充滿疑問的表情，在瑛太的身旁坐了下來。以位置來說，是美緒的正對面。

車門關起後，輕軌列車再次往前行駛。

「嘿咻。」

惠那將相機的三腳架置於腳邊，然後把平常隨身攜帶的專業數位相機，從肩膀上解下來。以相機的大小與造型來說，假如持有者是女性，自然而然會引起旁人的注目。

不過比起相機與器材，美緒更在意惠那今天的打扮。

今日她穿著長版裙褲，搭配白色襯衫與淡色系的開襟衫，外面再套上一件能夠襯托苗條曲線的薄大衣。

整體看起來很有女孩子的感覺。

相較於之前羽絨衣配牛仔褲的造型，給人一種截然不同的印象。或許她那身服裝是為了便於騎機車，但在聽完惠那之前的宣言後，美緒覺得她今天有特地打扮過。因為今日要去約會……光是上述的理由，就很有說服力。

惠那斜眼偷瞄坐在身旁的瑛太，從她不經意以手指整理瀏海，就能感受到她的緊張。因為特地挑選的服裝，令她一邊抱著想得到稱讚的期待，同時又擔心自己穿得很奇怪的憂慮。

如果是平時的惠那，應當會直接詢問瑛太「我這身裝扮如何呀？」不過今天的她，就只是乖巧地坐在原位。至於理由，是因為她心中抱有特別的感覺。

「……」

三人就這樣保持沉默，唯獨窗外的景色不斷流逝。

現場瀰漫著一股互相在意著彼此的尷尬氣氛。在輕軌列車的車廂內，唯獨他們三人所在的座位，散發著不同於周圍的氣氛。

「我是半途碰巧遇見夏目的。」

瑛太像是忽然想起般，對著惠那如此說明。他會做出這種反應，單純是想解釋美緒為何會在這裡出現。可是聽在美緒的耳裡，卻有如想避免惠那誤解，令她很想開口抱怨，最後不知為何，未能把心思轉化成言語，但她仍想做點什麼，便翻開從包包裡拿出來的單字本。

「這樣啊～」

取而代之，惠那以聽似釋懷，卻又不像是真心釋懷的語氣回應，同時癟著嘴看向美緒。

美緒藉由眼角餘光，捕捉到惠那的表情。

「我都說過不行了。」

美緒的視線仍落在單字本上，卻猶若喃喃自語地低聲抱怨。

「這種事，需要得到會長的許可嗎？」

惠那漫不經心地開口回答。

「既然如此，妳當時為何要問我？」

美緒的目光從單字本往上移，正眼看向惠那。

「這個嘛，出於直覺。」

惠那也從正面迎向美緒的眼神。

「……」

「……」

兩人都沒有把視線移開。

「妳們從剛才起在說些什麼？」

瑛太一副坐立難安的模樣，對於美緒與惠那之間劍拔弩張的氣氛，感到相當困惑。

「不關你的事。」

美緒和惠那異口同聲說出這句話。相較於一臉悻悻然將目光移回單字本上的美緒，惠那則是神色雀躍地望向瑛太。

「至少我聽得出來，是與妳們有關的事……」

瑛太深鎖眉頭，露出更加困惑的表情，簡直就像一隻滿臉皺紋的巴哥犬。美緒覺得倘若是稍早之前，她肯定會笑出聲來，但是現在沒有那種閒情逸致。

「泉學長，你的臉真好笑。」

看著被惠那捉弄、扭頭看向窗外的瑛太，美緒感到很沮喪。從剛才就老是看見不想看到的事情，令她覺得有些喘不過氣來。

當輕軌列車抵達下一站的目白山下站時，美緒闔起單字本，從座位上起身。面對這樣的舉動，瑛太和惠那都露出疑惑的神情望過去。

「我在這裡下車。」

美緒沒有看向兩人，在得到回應之前就走出車廂。即使是提早一秒也好，她實在很想趕緊遠離瑛太與惠那所在的座位，現在她只想獨自靜一靜。

背後傳來車門關閉的聲音。

輕軌列車駛離後，月台被寂靜所包圍。

現場沒有其他人，唯有下車的美緒……

從這裡能看見遠處的大海，在陽光的照映下閃閃發光。當真是一幅既耀眼又漂亮、令人心曠神怡的景色。

讓人百看不厭的光景。

不過這天……此時的美緒，卻再也承受不住地蹲了下來。

儘管在車廂裡，還能假裝自己並不在意，但是一人獨處時，美緒就再也忍不住了。她無法掩飾自己受到了很大的打擊，在得知瑛太接受惠那的邀請後，她的內心極為動搖。名為排斥的情感，揪住了她的胸口。

縱使美緒真的想知道，卻不願親眼看見瑛太與惠那一起出遊的畫面……

眼角滲出的淚水，已徹底暴露出美緒此刻的心情。

為了避免眼淚落下，將頭抬了起來。

為了避免意志消沉，從地上站起身來。

「這情況……」

勉強自己發出聲音後，總覺得有辦法稍微擠出笑容。

「真叫人受不了……」

果然像這樣自言自語，不禁讓人感到很想笑。

但是驅使自己這麼做的情感，美緒已心知肚明。

她並非是覺得這情況很逗趣才發笑，而是感到莫名開心、一股興奮之情油然而生才笑了出來。令她不由得放鬆臉頰，不由得很想笑。

「我……根本已經喜歡上他了。」

對美緒而言，察覺出自己的心意，讓她感到無比開心。

金光閃閃的海洋，彷彿在為美緒獻上祝福。

2

——到頭來，她究竟想做什麼？

當初表示要去補習而跟了過來，最後卻沒有任何解釋，先一步下車了。

看那樣子，不像是有話想說。在當時擺出如此態度的人，正是美緒。

她看似在介意著什麼，只是瑛太直到最後，仍未能想明白。

除了美緒本人，還有另一人也知道內情……那就是走在瑛太前面的小宮惠那。

瑛太和惠那在終點站湘南江之島站下車後，此刻正走在長度約四百公尺、筆直向前延伸的橋梁上。

這是通往江之島的弁天橋。

能聽見自腳下傳來、不斷拍打橋柱的浪濤聲。由於橋面高度適中，看起來就像是走在海面上，讓人渾身舒暢。

惠那的髮梢，伴隨吹來的海風搖曳著。

「那個。」

「嗯？」

「妳跟夏目發生了什麼事嗎？」

她們兩人在輕軌列車裡的態度，就是最有力的證據。

「你是明知故問嗎？泉學長。」

扭過頭來的惠那，隔著肩膀露出有些無奈的笑容。

「妳這句話是什麼意思？」

「如果你不知道，我就不告訴你～」

惠那再次看向前方，一臉欣喜地走在橋上。

「我就是因為不知道，才開口問妳啊。」

如果你不知道，我就不告訴你——這是哪門子的機智問答嗎？

「假如單純只與我有關，我是很樂意回答，但此事也關乎美緒學姊，因此我不能說。」

這次的答覆，原則上算是合情合理。畢竟當事人不在現場，也就不便闡明當事人並未透露的事情，瑛太對此表示贊同。

因此瑛太放棄追問，直接換個話題。

「我們要前往江之島嗎？」

當初只跟惠那約好見面地點，瑛太對於接下來的行程是一概不知。

「乖乖隨我來就知道了～」

惠那還是老樣子，頭也不回地開口答覆。

面對如此拒人於千里之外的回應，瑛太也不便繼續提問。眼前唯一的終點就是江之島。

由於瑛太已經看膩惠那的背影，便快步追了上去，與她並肩同行。

「我幫妳拿吧。」

瑛太簡短說完，就從惠那的手中取走三腳架。

「謝謝學長，真是幫了大忙呢～」

惠那揚起兩邊的嘴角，對著瑛太微微一笑。

「畢竟我們之間的行李數量相差太大，別人會以為我是個差勁的傢伙。」

惠那扛著小背包與相機，而且直到剛才還提著三腳架，對於兩手空空的瑛太來說，走在一起反而會令他有些無地自容。

此處不愧是觀光景點，周圍有多不勝數的遊客。能看見準備前往江之島的一家人，以及踏上歸途的情侶，還有背著大包行李的外國觀光客。

「你介意的事情還真奇怪呢，泉學長。」

惠那注視瑛太的眼神，看似十分開心地微微發光。瑛太忽然覺得很害羞，為了蒙混過去拋下一句「這很正常啊」，便扭頭看向前方。

穿過弁天橋，是一段銜接江之島神社的參拜步道。兩旁盡是商店的這條坡道，看起來別有一番風情。

沿著越往上走就越狹窄的步道，兩人抵達一座巨大的紅色鳥居，深處能看見一道石階。

「我是打算前往最高處，要搭乘電扶梯嗎？」

惠那側頭瞄了瑛太一眼。由於江之島有一段很長的階梯，因此設置電扶梯以供觀光客做為代步工具。

「沒關係，走樓梯就好。」

「距離挺遠的喔？」

「我無所謂。」

「既然如此，我們來比賽吧。」

「在樓梯上奔跑不僅危險，也會給其他人造成困擾，所以我拒絕。」

瑛太在回答的同時，沿著階梯慢慢往上走。

「我說泉學長呀，我總覺得你莫名冷淡喔。」

惠那的聲音從後方傳來，而且能聽出她緊跟在後。

「之前面對相馬學長時，明明是你主動挑起比賽呀。」

瑛太裝作沒聽見，默默地邁步向前。

途中，兩人進入最先抵達的邊津宮正殿內參拜。瑛太在心中向神明自我介紹，並且許了一個願望之後，就跟惠那一同離去。

「學長你許了什麼願望？果然是祈禱考試合格？」

「在新年參拜時，我有許願夏目考試順利了。」

拜託其他神明保佑一樣的事情，感覺上太厚臉皮了。

「我指的人是學長你。」

「……」

「你有報考其他間大學吧？」

「是沒錯啦，不過自己的事情，若是沒有憑自己的力量去爭取，就毫無意義了。」

「這句話，真是符合學長的作風。」

惠那開始放聲大笑。

「我向神明許願，請祂保佑妳能在攝影大賽中獲獎。」

瑛太確認著每一格階梯，同時如此說道。

惠那略顯吃驚地望向瑛太，隨後又換上一張不懷好意的表情，吐嘈說：「你當初有說過，攝影社的事情與你無關吧？」

「我現在已經不這麼認為了。」

「為什麼？」

「因為我希望妳這麼努力的付出，最終能夠得到回報。」

像這樣坦率說出心底話，總會令瑛太感到很害臊，因此他沒有看向惠那。面對自己這樣的反應，惠那勢必會想捉弄他。

瑛太原先是如此認為，實際情況卻是惠那忽然陷入沉默。

「嗯，謝謝你……」

唯一聽見的回答，是語氣莫名含蓄的低語聲。

之後，多達兩百五十四階的階梯，讓兩人走得氣喘吁吁，連閒話家常的餘力都沒有。

他們默默地擺動雙腿，直指山頂而去。

瑛太在踏上最後一格階梯時，雙腿已腫脹痠疼，甚至很想直接癱坐在地，可是惠那出乎意料地顯得一派輕鬆，迫使瑛太打消吐苦水的念頭。

「接下來要去哪？」

瑛太逞強地率先出聲，同時深呼吸以調整氣息。

「只差一點了，就在那下面。」

語畢，瑛太順著惠那的視線抬頭望去，一座狀似燈塔的建築物映入眼簾。

惠那踏著輕盈的腳步，領著瑛太抵達了江之島的象徵・江之島展望燈塔。

此時正值鬱金香花園的開放期間，能夠看見紅色、黃色、粉紅色、白色與淡紫色……各種色彩的花朵爭奇鬥艷。

即使一週前仍是大雪紛飛的冬季，此刻放眼望去，遍地盡是鬱金香。

「原來鬱金香在冬天也會開花啊。」

瑛太實在無法聯想冬季與花朵。基於這個先入為主的觀念，眼前光景彷彿祕境般。

「謝謝你幫我拿三腳架。」

惠那從出神的瑛太手中取走三腳架。

緊接著開始裝設相機，進行攝影的準備。在確認完太陽的方向，找好位置之後，她探頭窺視取景器，並且按下快門。

立即望向液晶螢幕確認照片的惠那，模樣看起來十分認真，令瑛太不敢隨意出聲打擾。

與其說是不敢打擾，倒不如說是惠那給人一種不想受打擾的感覺。

於是，惠那依舊專注地拍照……瑛太就這麼心不在焉地望著惠那的身影，或是沉浸在由鬱金香組成的花田、猶如童話中才會出現的這片美景裡。

行經附近的幾乎都是情侶，他們一邊說著「鬱金香好美喔」這種感想，一邊從瑛太與惠那的身旁經過，在稍微走遠之後，總會交頭接耳討論起專注拍照的惠那，以及被丟在一旁的瑛太。比方說「好可憐的男朋友」、「這個男朋友真好」，諸如此類出乎意料的內容。

看在旁人的眼中，瑛太與惠那也像是一對情侶。大概是因為沒有特殊關係的年輕男女，原則上不會兩人單獨來欣賞鬱金香。

感到有些無地自容的瑛太，就近找了一張長椅坐下來。

此刻惠那仍在五公尺遠的地方，將相機對準盛開於花園內的鬱金香。目前她已拆下三腳架，夾緊雙臂拿著相機拍照。

無比認真的表情、意氣風發的側臉、看起來神采奕奕的惠那，瑛太反而覺得此刻的她，比鬱金香更上相。

瑛太取出手機，試著把鏡頭對準手持相機的惠那。按下快門鍵後，手機發出響亮的快門聲，惠那的身影被截取在手機那小小的螢幕裡。不出所料，果然拍得很好看。

「你居然偷拍我，真是太噁心了～」

聽見這股不悅的語氣，瑛太抬頭看去，這才發現惠那露出看見穢物般的眼神望過來。

「像妳這種老是擅自幫人拍照的傢伙，沒資格說我。」

「因為我拍的照片都很好看，所以沒關係。」

語畢，惠那坐在瑛太身旁的座位上，探頭窺視他的手機。

「啊、你拍得還不錯喔。」

「因為近來的手機越做越好。」

「還有優秀的模特兒。」

「說的也是。」

瑛太坦率地表示贊同，因為他是真心這麼認為。

「話說妳只是來拍照的話，根本不必找我來吧。」

「嗯～不過我真正的目的是這個。」

惠那斷然否定瑛太的發言，從背包中取出一本筆記本大小的相簿，然後遞給瑛太。

「既然是答謝學長願意提供照片，我想說不如就拿照片做為回禮。」

一頭霧水的瑛太接下那本相簿，接著以眼神詢問「我能打開嗎？」惠那默默地點頭。

相簿的第一頁，是開學典禮的照片，地點位於柏尾川高中。仔細一瞧，站在最前面的人是美緒，稍微後面一點，能看見陽斗的臉龐。旁邊另一張照片，可以看見葉月與依子也在裡面。他們看起來都比現在更年幼，能夠感受到一個人經過高中三年，會變得更成熟的。

翻開下一頁，是陽斗穿著棒球社的練習制服，正在整理操場的背影。另一張照片裡，能看見站在連接走廊上練習吹奏小號的葉月。還有季節應該正值夏天，打開水龍頭用水沖頭，穿著體育服的依子。

以及參加學生會長競選而上台演講的美緒，她的表情看起來十分緊張。其他還有運動會時參加應援團的陽斗；在文化祭上變裝的美緒；於球技大賽的休息時間，一臉徹底放鬆的依子；在夏季的棒球大賽裡，站上打擊區的陽斗，以及站在觀眾席上演奏小號的葉月等等……瑛太沒有一同參與過的那段歲月，全都收進相簿裡。

「這全都是妳拍的嗎？」

「第一頁是畢業的前輩拍下的，我哪可能在開學典禮上幫大家拍照啊。」

這麼說也對，畢竟惠那比瑛太等人低了一個學年。

「總覺得這些照片真厲害。」

瑛太不知該如何表達自己的感受，但他真心認為這些照片很厲害。雖然瑛太並沒有在現場，卻多少能與照片當中的陽斗、美緒等人產生共鳴。

「泉學長，你也想出現在裡面嗎？」

「或許吧……」

因為相片裡的每一幕光景，都已經成為過去，所以更令人感受到其中的可貴之處。如今已無法重返那個瞬間，不能重新來過。

與此同時，瑛太切身感受到自己果然沒有與他們身處在同個地方。因為無論如何翻閱相簿，都找不到瑛太的身影。

「不過現在我卻很慶幸，剛好在這個時候轉學過來。」

這也是瑛太的心底話。

「為什麼呢？」

「因為一直待在這個城鎮的話，我想會有許多自己未能察覺的事情。」

——若是一直待在她的身邊，我現在大概不會察覺出自己的心意。

無論是想傳達的事情，以及非傳達不可的事情……自己會誤以為隨時都能夠傳達出去，即使是此時此刻，應該都不會有所行動。

自認為不必急於一時，任由時間不停流逝。

「所以說，學長你是因為已經察覺出來，才決定參加考試囉。」

惠那露出真摯的眼神繼續說：

「因為你已經察覺出來，所以每天慢跑來鍛鍊身體。」

瑛太從惠那的眼眸深處，看出一絲類似於落寞的情緒，但他無法明白其中的含意，只能簡短回應一句「妳說對了」。

如今再以拙劣的理由矢口否認，終究無濟於事。不管是對於美緒的心意，以及針對陽斗的鬥爭心，都已經被惠那看穿了。

「既然如此，你快去向美緒學姊告白呀。」

「無所謂，誰叫我只知道這種方式。」

至少也要有一件能讓自己產生信心的事情，要不然瑛太無法前去告白。倘若此事成真，他相信自己就會有勇氣告白。縱使是在繞遠路，對瑛太而言仍是不可或缺的過程。

「我明白了。」

惠那略顯認真的說完這句話後，突然從座位起身。她明白了什麼？瑛太感到一頭霧水。

惠那站在瑛太面前，露出下定決心的眼神注視著瑛太。

「如果我在攝影大賽裡獲獎，也要向瑛太學長告白。」

「……」

面對這突如其來的宣言，瑛太根本無法會意過來，只能驚呆地張著嘴巴。

「拜拜！」

惠那丟下呆愣於長椅上的瑛太，獨自一人踏上歸途。瑛太無法叫住那道背影，也未能起身追上去。

「現在是怎樣……」

再也看不見惠那的背影後，瑛太終於能發出聲音，渾身無力地癱倒在長椅上。

放眼望去，是一大片宛若將展望燈塔圍繞於其中、色彩繽紛的鬱金香田，但是瑛太無法將注意力放在外界的事物上。

「她剛才的舉動……」

無論怎麼想，都跟告白沒兩樣……

3

「有點微妙耶～」

限制在正規考試時間內，寫完三項學科考古題的美緒，在結算完分數後，不由得脫口說出以上感想。

此處是補習班的自習室。在每個座位都是獨立隔間、美緒所在的書桌上，放著大學獨立招考的紅本子。這本題庫，是美緒今天於目白山下站下車後，轉乘湘南輕軌列車與江之電鐵抵達藤澤站，於該處的書店買來的。

考古題的出題方向，與美緒第一志願的翠山學院很相似，不過每個問題都暗藏陷阱，讓人在解題時一直覺得有些困難。老實說就是為了降低考生分數、極為刁鑽的考題。

計算完分數的筆記裡，答對的題目佔了六成，答錯則佔了四成。

假如這是模擬考，偏差值應該會落在C級。

以結果來說還不錯，卻算不上是達到合格標準。倘若正式考試時，都是出美緒擅長的題目，或許有機會錄取。如此曖昧的狀況，說穿了根本是聽天由命。

「美緒，妳有說話嗎？」

早苗從隔壁座位探出頭來。

「我有說什麼嗎？」

「有點微妙耶～之類的？」

「啊、好像有耶，抱歉喔。」

畢竟美緒脫口而出的這句話，完全是出於下意識。

「我差不多要回家了，美緒妳呢？」

美緒拿起手機確認時間，現在已是晚上六點過後。不知瑛太與惠那是否仍在一起？還是已經各自回家？無論結果如何，都與自己無關。話雖如此，仍情不自禁地想起這件事。

「我剛好念到一個段落，就一起回家吧。」

為了轉換心情，美緒如此回答。先前一連寫完三項學科的考古題，腦袋已經快燒壞了，若是再繼續念書，效率只會變差。在這種狀態下勉強自己念書，反而會因為書念得不順利而心煩氣躁，一點益處都沒有。

美緒闔起筆記，連同鉛筆盒一起放進包包裡，最後把還沒有摺過、新買來的紅本子一併收好，從座位上起身。

早苗也靜靜地一起離開自習室，為了避免打擾到其他考生，輕輕地把門關上。

多名學生在出入口附近的休息區內。由於這裡只隔著櫃檯，與講師室相連，因此有的學生正在向老師請教問題，有的學生正在閒聊。也有多名學生拉住老師，但是仔細聆聽，談話內容卻幾乎與課業無關，其中還有學生被老師提醒「記得要盡早提交志願表喔」。

「老師再見。」

「再見。」

美緒和早苗一起向老師們道別後，便走出補習班。

「美緒，妳已經繳交志願表了嗎？」
走下階梯的途中，早苗如此提問。
「其實我還沒交。」
「我也一樣，得在下週前提交才行。」
「就是說啊。」
「那麼，明天見囉。」
兩人抵達一樓後在補習班門口揮手道別。早苗就住在藤澤站附近，走一段路就能到家。沒有多想的美緒，就這麼目送早苗離去，直到看不見她的背影時，忽然傳來一聲「夏目同學？」語氣聽起來有些客氣。
這個聲音很耳熟。
美緒在扭頭望去之前，已經知道對方是森川葉月，不過即便如此，當她轉身看去時，仍然暫時說不出話來。
「……」
美緒就這麼不發一語，只是不斷眨眼睛。
站在面前的人確實是森川葉月，如假包換。

但是髮型卻與美緒所熟悉的她不一樣，整體裝扮也有所不同。原先的她，可以說是看起來很文靜，講難聽點就是不起眼，現在她把直順的長髮，從肩膀後方撥到前面來，身上穿著款式樸素卻略顯成熟的洋裝，對於身材高挑且長相漂亮的葉月來說，這些都非常適合她。

「我這身打扮，果然很怪嗎？」

葉月困惑地歛起眼眸。

「不會呀，完全沒這回事。」

美緒搖了搖頭，語氣堅定地出聲否定。

「真的很適合妳喔。」

這樣的服裝與髮型，並不適合身材較矮的美緒，因此她不禁心生羨慕。

「不過，妳為何忽然改變造型呢？」

煥然一新的變化，難道發生了什麼令她在意的事情嗎？比方說，與陽斗有關……

「妹妹告訴我，我原先的打扮太過樸素，在大學裡反而會引人側目。」

葉月略顯害羞地說出理由。

「這樣啊……說的也是，到了春天，妳就會成為大學生。」

之前聽葉月說過，她經過推甄，錄取了位在兵庫的女子大學。

「森川同學……妳為何會決定升學呢？」

「咦……？」

「啊、對不起，忽然問妳這種事。」

「不會。因為我家一直以來都是務農……終有一天，我也必須繼承家業，所以在『終有一天』來臨之前，我挺好奇大學是個怎樣的地方……也想嘗試一個人在外生活的感覺。」

面對這個不經意的問題，葉月仍以沉穩的語調耐心回答。美緒覺得這番話並非臨時想出來的，而是曾經多次對其他人說過，聽起來相當實在。

「所以……妳才會報考兵庫的女子大學呀。」

「可能是我還不想變成大人罷了。」

葉月害臊地笑著。

「夏目同學，妳的志願是翠山大學吧？為什麼呢？」

葉月彷彿想感謝美緒的提問，語氣柔和地反問。

「我……最近開始對於這件事心生猶豫。」

決定升學後，美緒從未改變過自己的志願。至於契機是姊姊美奈是翠山大學的學生。美緒趁著大學校慶去找姊姊玩，覺得那是個很快樂的地方，所以才選為自己的志願學校。

除此之外沒有其他理由，也不曾追求過比學力偏差值更強烈的動機。不過，美緒今天買了一本新題庫，拚死解開裡面的考古題，卻對成績不理想一事感到失落……自己究竟想要什麼？想做什麼？直到現在才開始深思。

「對不起，給出這樣的答案。」

「不會，請別介意。」

「謝謝，真期待明天，相馬看了會有什麼反應。」

美緒輕輕地揮手道別後，朝著公車亭的方向走去。

「啊……夏目同學！」

葉月朝著美緒的背影，扯開嗓門叫住她。

「……？」

美緒感到不可思議地轉身望向葉月，發現葉月露出莫名真摯的眼神看著自己。

「假如是我會錯意的話，先在這裡跟妳說聲對不起。」

「怎麼了嗎……？」

葉月究竟想說什麼？美緒還是第一次看見葉月露出這樣的表情。葉月的眼神略顯不安，卻又散發著拚盡全力的光彩。

「那個……」

「嗯。」

「夏目同學，難道妳對於相馬同學……」

就算這句話只說了一半，美緒也知道接下去的內容。葉月的眼眸，透露著比言語更深入的訊息。她那張咬緊下唇、苦悶難過的表情，已經傳達出一切。

面對這徹底出乎意料的狀況，美緒感到心跳加速，於是她反複地緩和呼吸，稍微停頓一下，讓心情平靜下來。

美緒一度低下頭去確認自己現在的心情。接著，她再次從正面迎向葉月的視線，清楚明瞭地說出心底話。

「我曾經喜歡過他。」

「……嗯。」

葉月聲音沙啞地回應著，並且慢慢地點了個頭，露出一副早已明白的模樣。究竟是何時被葉月看出來呢？既然真由子與桃花也已經看穿，看來美緒遠比自己想像中，更容易被人看透心思也說不定。若是這樣也無所謂，因為重要的是現在，是從今以後。

「我從國中就一直暗戀他，總是將這股思念珍藏在心底……」

「夏目同學，我……」

葉月似乎想說什麼，不過美緒並沒有止住話語。

「但我現在終於明白，自己就這麼讓它維持在暗戀，從來沒有跨出一步。這段暗戀既沒有結果，我也不曾主動爭取，就這麼感到自我滿足……當朋友問我說『妳有喜歡的人嗎？』，我也會回答『有啊』，然後加入話題之中。」

「那妳現在……」

「這只是一段青澀的回憶。」

「……真的嗎？」

「真的真的。」

聽完回答的葉月，仍顯得有些困惑，看似難以釋懷。因此，美緒又補上一句話：

「其實啊，我已經有其他的心上人了。」

美緒原本想以笑容說出這句話……到頭來卻有些搞砸了。不過，她認為這樣也好，她相信這樣就對了。因為當她毫不掩飾露出羞澀的表情時，葉月也終於接受她的說詞。

Chapter 7

Roundabout

1

瑛太從大樓一樓的大廳前往室外，呼出的氣息隨即染成白色。

原先以為進入二月後，氣候多少會顯現春天的徵兆，然而電視的氣象預報卻表示「接下來的氣候仍非常寒冷，再度降雪也不足為奇」。

實際上，前天就有飄雪。

把雙手插進外套口袋裡的瑛太，不敵寒冬地縮起身子，來到32號省道沿著道路往前走。

自去年年末住進這棟大樓後，不管要出門前往哪裡，都必須經過這條大道。

拜此所賜，他對這條路再熟悉不過，周邊的景色也已習以為常。

不過，今天瑛太的心情有些興奮。

目前是平日上午十點過後，換作是往常，這段時間他都會待在學校裡。

在此時間點外出走動，讓瑛太感到渾身不對勁。

進入二月後，高三生就可以自由到校。因為此時也是大學獨立招考的期間，考生都會在這段時期專注應考，只需在每週一次的返校日，前往學校報到即可。

因此，瑛太並不是翹課跑去閒晃，但不知為何有種做壞事的感覺，盤據在他的心底。

——該說是自己生性認真嗎？感覺上就像個不懂得變通的死腦筋。

只是內心靜不下來的原因，瑛太有自覺是基於另一個理由。今天是什麼日子，他可是再清楚不過了。

今天是二月十五日，星期四。

對瑛太而言是即將決定勝負之日，也是大學獨立招考的前一天。

明天的此時此刻，他應當已身處考場裡，與考卷展開殊死鬥。

瑛太在有限的時間內，盡可能地做好所有準備。他從一月起，自上學至放學這段期間，都將時間花費在學習上，即使返家之後，也坐在書桌前埋首念書。等到進入二月，除了每天去慢跑以外，幾乎足不出戶，過著從早到晚都在念書的生活。

這段期間，瑛太曾多次收到陽斗相約出去玩的邀請，但他都予以婉拒，並且隱瞞自己有參加獨立招考的事情。等考試結束之後，他就會對陽斗全盤托出。

ＬＩＮＥ的聊天群組裡，大家應該是體諒仍是考生的美緒，交談次數並不頻繁，最多就是互相發送一些沒意義的貼圖。不過，瑛太卻認為這個舉動很重要，儘管看似無意義，卻仍有其意義。因為一旦中止聯絡，日後想再次聯絡時，開頭第一句話會相當難以啟齒……

當瑛太如此心想地漫步前行時，外套口袋裡的手機忽然發出震動。

是陽斗在LINE上傳來訊息。

——我在操場。

瑛太隨即回覆一個『了解』的貼圖。

瑛太之所以在獨立招考前一天仍然外出，是因為陽斗昨晚在LINE上發送訊息『我有事想跟你說』。瑛太立即回覆『什麼事嗎？』，卻換來『等見面之後再說』的答案。最後，瑛太想說也能藉此轉換心情，便答應前往赴約。畢竟已是獨立招考前一天，心思根本無法集中在書本上。

收到訊息約莫十分鐘後，瑛太抵達指定的操場。這裡是一處位在陽斗所住社區附近、十分遼闊的空地，也是以前經常和陽斗單獨兩人練習傳接球、令人懷念的場所。

瑛太左右張望，覺得空間變得比當年稍微狹窄一點。

在下樓梯前往操場的途中，恰好看見陽斗的背影，他就這麼一個人坐在地上。

瑛太走下階梯，接近陽斗的同時開口說：

「你跟森川同學之間，發生了什麼好事嗎？」
回神的陽斗，隨即扭過頭來，沒想到卻是露出一張苦瓜臉。
「為何你要提起森川啊？」
「誰叫近日的你，每件事都跟森川同學有關呀。」
「你這麼說是沒啥不對啦。」
陽斗轉身面向瑛太，臉上表情卻像是在鬧彆扭。
瑛太比陽斗多走下一階，也跟著坐在階梯上。兩人相隔的距離，若是探出身子將手往前伸，能勉強碰觸到對方。
「難道你被甩了？」
瑛太開玩笑地隨口說出這句話。
「嗯，我在昨天被甩了。」
陽斗輕鬆說出口的答案，與瑛太的預料恰恰相反。
「這是真的嗎……？」
依照兩人近來相處的氣氛，瑛太總覺得此結果缺乏真實感。自從葉月更換髮型以來，看得出來他們越走越近，所以……

「我還以為結果是正好相反。」

說起昨天，可是二月十四日，也就是所謂的情人節。陽斗欣喜若狂地透過ＬＩＮＥ通知瑛太，表示葉月當天要邀請他出去。

「被她甩了之後……她又向我告白。」

「……我聽不懂你的意思。」

「森川說她現在還不能跟我交往……等她習慣大學生活，以及我的工作穩定後再說。」

陽斗以事不關己、不感興趣的口吻，語氣平淡地說著。

「啊～原來如此。」

聽完解釋後，瑛太才終於理解，難怪陽斗會說「被她甩了之後，她又向我告白」。畢竟兩人的交情不深，瑛太認為這個判斷很符合葉月的作風。就算急於一時答應交往，發展也不會多順利。等到春天來臨後，物理上的距離就會成為兩人的阻礙。想必葉月不希望因為這個理由，導致兩人的關係破裂。等雙方的生活都穩定下來，再一起得出符合現實的結論，也不失為是個正確的選擇。

「所以你接受她的提議囉，陽斗。」

「沒有啊，但也只能選擇接受，畢竟她都擺明告訴我，往返一趟兵庫需要三萬元。」

陽斗將手機螢幕擺在瑛太的面前，畫面內的轉乘APP，顯示著從「藤澤」前往「新神戶」的票價。

一想到兩人甚至提及荷包問題，瑛太不禁笑噴出來。這兩人從頭到尾都很注重現實面，不過細想話中的內容，感覺上也像是情侶鬥嘴。

「這一點都不好笑喔。」

「陽斗，你肯定表示每週都會去見她，結果卻被打槍對吧。」

要不然兩人的對話，恐怕不會把三萬元車費的問題牽扯進來。

「我到現在還是沒有改變主意喔。」

陽斗狀似一名不聽話的孩子般如此強調，但是他的表情，仍與鬧脾氣的孩童有所區別。儘管還算不上是成人，終究也不像是小孩子。

「這樣也好，你到時就去找她，反正比我之前居住的九州近多了，也更容易搭車前往。但你至少還是要跟她保持聯絡，若是太久沒聯絡，到時就連傳個LINE都非常困難喔？」

瑛太扭過頭來，越過肩膀看向陽斗。陽斗露出略顯虛弱的笑容，回了一句「也對」。

「你也要保持聯絡喔，瑛太。」

「我會偶爾聯絡你的。」

「我指的是你跟夏目。」

「為什麼……」

瑛太未能把整句話說完，因為在他提問之前，陽斗已將關鍵字拋出來了。

「你有報考那間大學吧？」

面對陽斗直率的目光，瑛太無法撇開視線。

「……你怎麼會知道這件事？」

瑛太終於問出剛才沒說完的問題，其實他到現在還沒有跟陽斗提過考試的事情。

「差不多是上星期，小宮跑來問我。她原以為我早就知道了，所以也顯得很吃驚。」

陽斗露出略顯憤恨的眼神看向瑛太，看似對於自己被蒙在鼓裡一事相當懊惱，同時以「你這個人老是這樣」的目光責備瑛太。

「看你的樣子，肯定沒跟夏目說吧？」

「我會說的，只要我順利合格，就會毫無保留去向她告白。」

瑛太重新望向正面，對著操場的另一頭說出真心話。

「既然如此，你明天可別輸囉。」

陽斗探出身子，輕輕朝著瑛太的肩膀捶了一拳。

「這又不是比賽。」

瑛太也還以顏色，握拳輕輕打在陽斗的肩頭上。

「但你還是不能輸喔。」

以理性來說，這句話說得算不上是正確，但就感性而言卻十分貼切。這樣的聲援方式，當真很有陽斗的風格。

事情談完後，瑛太在十二點前與陽斗道別。

瑛太獨自一人踏上歸途，在行經超商時，發現有一輛車從後方慢慢接近。下一秒，那輛車發出簡短的喇叭聲。

滿頭問號的瑛太，將目光移向小型家用車的駕駛座上，發現是美緒的姊姊·美奈正握著方向盤。

車子停在瑛太的身後，美奈以動作指示瑛太打開副駕駛座的車門。瑛太順從吩咐，打開車門後，美奈單方面地開口說：「你正要回家嗎？上車吧，我送你。」

「後面還有其他車子，快進來吧。」

瑛太還來不及拒絕，就被催促著坐進副駕駛座。在他綁上安全帶的同時，車子也輕快地向前駛去。

「瑛太，瞧你一早就游刃有餘地在外閒晃，學測呢？」

「原則上已有錄取的大學了。」

「聽你的語氣，是所挺不錯的大學吧？」

「還可以，就是上叡大學。」

「看來你很聰明呢。」

美奈露出燦爛的笑容，並且感慨良深地拋下一句「原來如此～」因為自己也沒說什麼，所以瑛太覺得美奈的反應有些誇張。

「怎麼了嗎？」

「你最近有跟美緒聊過學測的事情嗎？」

瑛太在意地開口提問，卻換來另一個問題。

「……沒有，畢竟提到推甄合格的話題，她都會覺得我是在炫耀。」

「那孩子肯定露出這種表情吧？」

在等紅燈時，美奈模仿美緒擺出一張臭臉。兩人不愧是姊妹，模樣簡直是如出一轍，令瑛太當場笑噴。

「誰叫美緒這孩子，在你面前很容易露出本性。」

聽見這樣感想的瑛太，覺得換作是國中時的自己，勢必會感到很開心。實際上，當年瑛太發現美緒唯獨與他在一起時，才會露出這種平易近人的態度，一度產生近似優越感的心態。

但是現在卻不一樣，瑛太明白美緒之所以會露出本性，純粹覺得他並不是特別的對象，無須刻意表現出優秀的一面。只有面對不必裝可愛或耍帥來吸引注意的對象，才會流露出自然的一面。或許這也能算是一種特別，但這跟瑛太所追求的特別，恐怕是恰恰相反。

瑛太早已頓悟出這個道理。

對於現在的瑛太而言，他已不介意這件事。無論美緒作何感想，都不會對瑛太的決定造成影響，真要說來是影響不了。接下來，瑛太只須全力以赴即可。

就算再後悔，時間並不會倒轉，考試時間也不會改變，終究會迎向明天。

變成綠燈後，車子再次向前行駛。

2

「姊姊，換妳洗澡囉。」

美緒走上二樓，對著姊姊的房間如此喊著。

美奈很快就打開房門，來到走廊上。

「啊、對了，今天早上我有遇見瑛太喔。」

美奈一見到美緒，便脫口說出這句話。她那意有所指的語氣，令美緒感到一陣不悅。

「姊姊妳沒有多嘴吧？」

「我什麼都沒說喔。」

那副表情看起來就像在圖謀不軌，毫無信用可言。

「真的嗎？」

「聽說瑛太早就有錄取的大學了，而且還是上叡喔。」

在說出大學的名稱時，美奈還刻意加重語氣。不出所料，美緒心知肚明美奈究竟想表達什麼。就因為明白，才令她很想開口駁斥，不過話說得越多，就越容易露出馬腳，所以美緒只回了一句「妳誤會了」，就回到自己的房間裡。

並且用力地把門甩上。

明天就是大學獨立招考，美緒坐在書桌前，決定進行最後一次複習。結果，發現正在充電的手機提示燈不斷閃爍，是ＬＩＮＥ收到了新訊息。

開啟手機螢幕，群組裡顯示出未讀訊息。

話題是關於明天的事情。由於是美緒的大學獨立招考日，因此大家很在意天氣情況。畢竟大學聯合招考當天的氣候糟糕透頂，於是葉月說了一句『希望明天能放晴』，緊接著陽斗補上『晚上好像會下雪喔』，依子隨即笑說『只是晚上的話也無妨呀』。接下來的內容就越扯越遠，仔細一看，陽斗甚至提議『若是積雪的話就來打雪仗』。

——打雪仗呀，聽起來很不錯呢。

等考完試之後，美緒打算盡情放鬆一下，因此將上述訊息發送出去。

大家爭相發送表示贊同的訊息，唯獨瑛太像個老頭似地留下一句『但是我怕冷耶』，惹來其他人的嘲笑。

瑛太的意見立即遭到否決，陽斗帶頭決定各項事宜，很快就把「後天來打雪仗」排進行程裡。名義上是慶祝大學招考結束，不過美緒覺得大家只是想找個理由相約出去玩，因此認為這也不失為是個好主意。

其實美緒很慶幸，能在考試前一天談論這種輕鬆的話題。先前仍盤踞於心的緊張感，曾幾何時已經拋諸腦後。

陽斗對美緒發送『安啦！』的訊息。

葉月為了聲援美緒，留下『加油喔！』的訊息。

依子寫下『沒問題的！』這句話來勉勵美緒。

經過一段時間，唯獨其中一人沒有任何表示。

「一般人在這種時候，好歹也會說句話吧。」

美緒針對瑛太的ＩＤ如此抱怨，不久之後，出現一個『我會加油的』的貼圖，發送者是瑛太。

「那是我的台詞吧。」

想當然耳，瑛太馬上遭到其他人的吐嘈。

美緒將目光移向窗外。遠方的山丘上有一棟能夠將此城鎮一覽無遺的大樓。現在正值晚上十點，能看見家家戶戶都點起照亮生活的燈火。美緒注視著該棟大樓的其中一個光點。那是瑛太所居住的大樓。無數燈光從窗戶透出來。其中之一，應該就是泉瑛太所在的房間。

他現在也正看著手機嗎？有在等待誰的訊息嗎？在看見訊息顯示所有人都『已讀』時，

又是作何感想呢？

美緒將目光移回手機上，也發送『我會加油的』的貼圖。那是她平常慣用的兔子角色系列貼圖。訊息的已讀人數是「４」，卻沒有人繼續發送訊息。

因此，美緒決定再做最後一次複習，翻開英語參考書。這時，她忽然想吃點甜食，便將手伸向擺在桌上的小盒子，打開包裝後，裡面裝著四顆巧克力。美緒捏起其中一顆，放入口中。這是她當初特地挑選，卻沒有送出去的情人節巧克力。裡頭帶有一股明顯的柳橙味，嚐起來是又酸又甜。

——若是順利合格的話，我就會毫無保留將自己的心意傳達出去。

3

隔天早晨，瑛太在手機響起鬧鈴聲之前就清醒了。

他掀開被子，撐起上半身。房間裡的暖氣已經關閉，室內的空氣略顯冰涼，為剛睡醒的頭腦帶來恰到好處的刺激。

手機準時發出鬧鈴聲，瑛太關閉鬧鈴後，下床走出房間。

「哎呀，今天起得這麼早。」

在廚房準備早餐的母親如此說著。確實瑛太比平常更早起。客廳裡的時鐘，顯示現在是上午六點三十分。

「我有事得早點出門。」

「你真是個怪孩子，明明都已有錄取的大學，居然還想去參加考試。」

母親把即溶咖啡倒入杯中，一派輕鬆地說出這句話。

「……妳怎麼知道這件事？」

參加獨立招考一事，瑛太沒有告訴母親，也從未跟坐在電視機前的沙發上、正在翻閱報紙的父親提起此事。

「你怎麼繳報名費的？」

父親並未從報紙上抬起頭來，就這麼背對著瑛太提問。

「壓歲錢跟平常存的零用錢。」

「要幫你準備今天的便當嗎？」

「上午就考完了，所以不必準備。」

「有空記得自己整理房間喔。」

母親無奈地說完後，將裝有吐司與荷包蛋的盤子擺在餐桌上。至於那個位置，正是瑛太平常用餐的座位。

瑛太原本想說自己沒有食慾，父親卻在此之前說了一句「既然要考試，等吃完早餐再出門」，他便順從地就坐。

咬了一口塗上奶油的吐司，瑛太將整個荷包蛋塞進嘴裡，然後喝下加了牛奶的咖啡，在腦袋醒過來的同時，他也暗自在心中發誓，下次一定要把私物收進能夠上鎖的抽屜裡。

祭拜完五臟廟，補充好應考的能量後，瑛太便著手進行出門的準備。

刷完牙、洗好臉、上完廁所，接著返回臥室換衣服，確認好要攜帶的物品後走出房間，當他抵達玄關時，又再次檢查是否有遺漏東西。最重要的准考證與文具，都已裝進書包裡。皮包裡的錢也很充裕，至少足以應付前往考場所在大學的交通費。

特地來到玄關前送行的母親，說了一句「加油喔」，瑛太隨口回應一聲就出門了。

沿著平日常走的32號省道前進一段距離，便彎進國中附近超商旁的巷道裡。

早晨的空氣冰冷刺骨，瑛太深吸一口氣，鼻腔內不禁隱隱作痛。望向鏡子，發現自己的鼻頭已經發紅，呼出的氣息也化成白霧。

但是這股寒冷的感覺，也令瑛太感到舒適，能給邁向考場的他，帶來適度的緊張感。感覺上能消除多餘的思緒，進而提升專注力。

瑛太前進的方向，是湘南輕軌列車的湘南深澤站。走上月台時，他謹慎地觀察周圍，現場有數名正在等待列車進站的乘客們。至於他們之中，並沒有瑛太此刻不想撞見的人物。

「……」

瑛太放心地呼了一口氣。

今天，不光只有瑛太一人要參加考試，夏目美緒也會前往同一間大學應考。畢竟瑛太準備前往的大學，就是她的第一志願。想當然耳，兩人的目的地是一樣的。倘若在此撞個正著，可就真的求助無門，也連帶失去偷偷參加考試的意義。

大概是多虧稍微提早出門所賜，並沒有在這裡撞見美緒。不過想隱瞞身分的心情仍很強烈，因此瑛太動手重新整理圍巾，拉高遮住自己的嘴巴。

瑛太將雙手伸進口袋裡，並且冷得稍稍縮起身子，就這麼低著頭等待列車進站。

列車抵達大船站之後，瑛太在此轉乘前往市中心的電車。

對瑛太而言，今天是具有特殊意義的日子，但在其他人的眼中，就只是一如往常的平日上午。身處在通勤高峰時段的電車內，就算不至於被人潮壓扁，仍然擁擠到幾乎無法轉身。甚至沒有足夠的空間，讓瑛太從書包裡取出參考書來翻閱，直到抵達下車的車站之前，他只能在腦中回想著不容易記住的英文單字和諺語，或是再度確認日本史裡容易搞混的人名，藉此來打發時間。

從大船站出發約四十分鐘，電車抵達涉谷站，瑛太如同被其他乘客推著走下月台，融入前往剪票口的人潮之中，乖乖地排隊步出車站。

瑛太很快就發現，昨天利用地圖APP確認過的十字路口，以及位在轉角能當成地標的建築物。穿過人滿為患到難以通行的路口後，他沿著前方的坡道往下走。

越是遠離車站，人潮也隨之趨緩。

當瑛太抵達目標的大學校門前時，周圍已不見其他穿著西裝的社會人士，只剩下與他年紀相仿的年輕人。

現場瀰漫著一股莫名緊繃的氣氛，彷彿將線條徹底扯開的緊張感，而且寂靜得給人一種如履薄冰的感覺。

瑛太透過眼角餘光，看見設立於校門旁的「一般考場」看板後，跨步走進大學的校園內。此處十分遼闊，與高中有著天壤之別。瑛太就這麼走在看不見盡頭的校園之中，遵循指示走向內部。

自瑛太穿過校門起，走了大約五分鐘，才抵達此次被分配作為考場的該間教室。

比起高中的教室，此處的空間是左右比較寬。室內有四排足夠讓四人就坐的長方形課桌椅，每個課桌椅的兩側，都貼有註記准考證號碼的貼紙。

依照號碼的排序，瑛太的座位幾乎是位在教室的正中央。

瑛太放下折疊收納式的椅子，盡可能避免發出聲響地就坐。原先以為自己是提早抵達，但現場竟已有七成的座位都坐著人，因此瑛太出於本能想保持安靜。

現場安靜得令人幾乎忘記呼吸。

明明能感受到現場有許多人，卻無人開口說話。由人為形成的靜默，就存在於此。

相隔一條走道、坐在隔壁座位上的男學生，目不轉睛看著掛在正面牆壁上的時鐘。斜前方的女學生，將鉛筆整齊地排放在桌面上。而前方座位則是一名身材高挑的男子，他將准考證對齊桌角，擺放於該處。還能看見正在閉目冥想的學生，以及翻開參考書，嘴巴卻動個不停的學生。

原則上考生們都穿著各自的高中制服，但也有人穿著便服，比例上大概是一排之中會有一人。

瑛太從書包裡拿出准考證，擺放於桌面上，並且多次搖晃自動鉛筆的筆身，確認是否有裝入筆芯，橡皮擦則是帶了兩個，準備可說是萬無一失。

為了舒緩情緒，瑛太深呼吸一口氣，但是心浮氣躁的感覺仍遍佈全身，怎麼都擺脫不掉，因此瑛太最終還是選擇放棄。

等考試開始後，就沒有餘力去在意這種事情。既然如此，只需耐心等待即可。

在這之後，由於暫時無事可做，瑛太彷彿被隔壁座位的男學生感染般，跟著凝視教室內的時鐘。秒針不斷地向前走，時間就這麼一秒一秒地流逝。

經過整整一分鐘，監考老師從前門走進來。來者是一名身材豐腴的中年女性。另外，還有多名看似是助手的年輕男性跟在後面。教室的後門也走進了幾個人，看起來應該是來幫忙的大學生。

監考人員尚未開口，所有考生都已經就坐，將目光對準前方。

轉眼間，室內已座無虛席。

「開始發考卷。」

中年女性語調沉穩地開口。男性助手們分別前往課桌與課桌之間的走道，將試題卷逐一擺放在考生的面前。瑛太的桌上也放了一份。與此同時，助手們也會確認准考證，並且核對當事人的長相。

儘管如此，實際上並沒有花費多少時間，試題卷就已經分發完畢。

教室內再次被難以喘息的靜默支配，甚至能聽見掛鐘上的秒針走動的聲響，以及某人稍微使勁呼出一口氣。上述聲響，更是再一次拉高現場的緊張氣氛。

不過，這種情況終將迎向結束。

現場傳出宣告考試開始的鐘聲。

考生們同時翻開試題卷。

瑛太也跟大家一樣，一鼓作氣翻開試題卷。

4

時間來到考試結束的當天晚上，事實證明前天的天氣預報徹底錯估，完全沒有降雪。

當初在ＬＩＮＥ裡約好一起打雪仗的計畫就此泡湯，隔天的聚會也跟著取消。導致慶祝會沒辦成的另一個原因，是美緒在訊息中提到『我好像有點感冒了～』

——可能是考試終於結束，身體一放鬆就生病了。

由於葉月與依子紛紛表示關心之後，很快就收到美緒的回覆，感覺上她的病症應該沒有很嚴重，瑛太才終於安心。

在隔週的返校日，瑛太於學校走廊上，親眼目睹美緒跟班上同學開心聊天的身影。能看見四名女生興高采烈地走在一起，其中名叫桃花的女生，率先大聲提議說：「一起來慶祝考試結束吧！」

在考試都結束的校園裡，瀰漫著一股終於獲得解脫的氣氛。對於年末才轉學過來的瑛太而言，與他平日見慣的校內景象略有不同。

他就這麼過著一段平穩安逸的日子，悠閒放鬆的時光。

但隨著時間一天天流逝，這股平凡的氣氛，逐漸被由「畢業」二字所組成的現實替換。給人一種類似於由開心與落寞交融而成的情緒。校園內，充斥著一股近似焦躁的氛圍。

美緒幾乎每天都與班上同學們一起製造回憶，陽斗、葉月跟依子也同樣如此。在名為大學招考的隔閡消失之後，體諒與被體諒……以上這類顧慮全數消失，瑛太認為大家只是重新取回各自的人際關係。

因此，前往水族館五人組的ＬＩＮＥ群組變得相當安靜。自從大學招考結束之後，大家就不再那麼積極地進行交流。當初說好「下次來舉辦慶祝會吧」，到頭來也沒有付諸實行，日子就這麼過去了。

在畢業前夕的這種氣氛裡，瑛太抱著類似置身事外的心情觀察四周。畢竟他是十二月下旬才轉學過來，於第三學期才進入柏尾川高中，因此要他跟在此度過三年光陰的美緒、陽斗、葉月和依子等人一樣，對於即將畢業的時間與心情產生共鳴，根本是強人所難。

即使到了畢業典禮當天，情況仍舊是如此。

「謝謝您對瑛太的照顧。」

「謝謝副校長。」

瑛太和母親站在一起，於教職員室前向副校長致謝。

「不客氣，恭喜你畢業了。」

滿臉皺紋的副校長，露出笑容給予祝福。

瑛太見狀後，再次向副校長一鞠躬。

與校方人員打完招呼後，兩人沿著教職員室前的階梯往下走，從二樓前往一樓。下方是外賓專用的出入口，外頭傳來畢業生們的笑鬧聲。

有的人想趁著最後的機會和大家拍照，有的人從圍在身旁的社團後輩手中收下花束，有的人被迫與家人一起拍攝紀念照片……

「瑛太呢？」

「我不必拍照。」

「我不是這個意思，是你要回家了嗎？」

「妳先回去吧，我還有其他事情。」

——沒錯，我還有事情要做，而且是非做不可的事情……

為此，瑛太在畢業典禮開始之前，已透過ＬＩＮＥ發送訊息給某人。

畢業典禮結束後，有許多畢業生仍留在校內。

女孩子們各自組成一個個小團體，互相交換寫著畢業紀念冊，男孩子們則是拿起手機，拍下彼此各種不正經照，不停地笑鬧。瑛太心想大家應該是想藉此來模糊自身的情緒。

獨自一人難以承受的情感，在與大家共有之後，便能藉此來說服自己也不要緊。所以很多人沒有回家，也不肯回家，因為當踏上歸途時，就會明白高中生活真的已經結束了。

在瀰漫著一股不捨的氣氛、笑鬧聲仍停不下來的校園裡，瑛太快步往前行，穿過連接走廊，從教職員室所在的北側大樓前往中央大樓，再經由中央大樓，抵達以Z字形走廊相連的南側大樓三樓。

最後，瑛太站在一個房門緊閉的房間前。

他壓下心中的猶豫，伸手敲了敲攝影社室的門。

「請進～」

房間內傳來開朗的回應聲。

「打擾了。」

語畢，瑛太推開門。

此處的空間大約只有教室的一半，中間放置著一張很大的桌子。四周的棚架上，則是擺滿了攝影的相關書籍，以及相機的各種器材。

儘管室內看起來雜物繁多，卻又整理得算是井然有序。

手持相機的小宮惠那……就站在房間中央的大桌子邊。

「瑛太學長像這樣主動找我說話，想想還是第一次呢。」

瑛太走進房間後，反手把門關上。來自走廊另一頭、畢業生們的聲音，一口氣變得很遙遠。攝影社的社團教室裡，就此變成僅剩瑛太與惠那兩人的空間。

「是嗎？」
「是啊。」
「是喔？」
瑛太對此也有自覺，因此只能故意打馬虎眼。
「算了，無所謂，剛好我也有事要找學長你。」
惠那說完後，將桌上的水晶獎盃展示在瑛太的面前。
獎盃上刻有攝影比賽的名稱，以及冠軍二字。
「很厲害對吧！是拿下冠軍喔，冠軍。顧問老師說他會遵守約定，向校方爭取別讓攝影社廢社。」
惠那打從心底十分欣喜地說著。
「這樣啊，恭喜妳。」
這是瑛太最直率的感想，他是真心為惠那感到慶幸。因為惠那曾說過，攝影社是她的容身之處。即便只是一個位在校舍角落的小小社團教室，對惠那來說仍是非常重要的地方。若是攝影社明年可以繼續存在，瑛太也能放心不少。
「不過嘛，這並非是憑我個人的實力爭取來的。」

一臉欣喜的惠那……轉眼間變成一張狡猾的賊笑。至於理由，就是刻在獎盃上的名字。雕在上面的名字不是「小宮惠那」，而是「清水徹」。

但是，瑛太並沒有感到錯愕。

「因為我有去參觀展覽，所以早就知道了。」

瑛太耳聞攝影大賽無論是公布名次或展示參賽作品，會在藤澤市內的市民會館內一併舉辦，於是他私下一人前去參觀。畢竟大學招考已經結束，同時他也比自己想像中的，更擔心攝影社的存亡……

至於得獎的照片，就展示在會場內最醒目的位置上。

那張照片，捕捉到小宮惠那最迷人的神情。

「妳那個表情，真的很好看喔。」

瑛太直言讚美後，惠那似乎感到很害臊，稍稍將目光往下移。

「這都多虧了學長你喔。」

「我什麼都沒做吧。」

因為由瑛太為模特兒的那張照片，到最後並沒有獲獎。

「其實那張照片，是我在為學長你們拍照時被拍下的。」

就是瑛太被陽斗狠狠擊出一支全壘打當時。朝他們拍照的惠那，就這麼被收進相片裡。

「那麼，我算是有幫上忙囉。」

「嗯。」

看見惠那輕輕點頭回應後，瑛太就這麼不發一語，下意識地陷入沉默。由於攝影社室裡只有瑛太和惠那，倘若兩人都不說話，室內自然而然籠罩在靜默之中。

「……」

「……」

不過這也是必然的沉默，瑛太之所以會發送LINE給惠那，還像這樣前來拜訪攝影社室，就是因為有話要對她說，而且是非說不可的事情。

「小宮，我……」

「你不必給我答覆。」

瑛太才把話說到一半，隨即被惠那打斷了。

「我當初說過是獲獎之後，結果卻搞砸了。」

惠那快言快語地如此推託，瑛太卻刻意裝作沒聽見。他決定模仿平時很會看人臉色、卻故意裝瘋賣傻的惠那，先衝口說出自己心中的想法。

「小宮妳對我告白……我是真的感到很開心。」

「……嗯。」

小宮顯得有些不知所措，斂下眼眸。

「所以，我也想有始有終。」

惠那感受到瑛太認真的視線，默默地抬起頭來。

「……」

「……」

唇瓣緊閉的惠那，臉上帶有困惑的神色，但她發出一聲嘆息，小聲地回了一句「我明白了」。

「學長，請給我答覆。」

惠那說出這句話之後，換回以往那種落落大方的表情。

瑛太沒有避開視線，以真誠的心面對惠那。

「我從很早之前，就已經喜歡上一個人，所以……對不起。」

「……嗯。」

惠那聲如蚊蚋地回應後直接低下頭。她的聲音聽起來有些哽咽，彷彿快要哭出來了。

「這種事……我早就知道了……」

惠那嗓音顫抖地說著。她緊握住的雙手，以及猶如在承擔什麼似的雙肩，都不停顫抖著。相信她的內心，此刻也是……不過惠那仍抬起頭來，眼角落下豆大般的淚珠……

「不過，我就是喜歡上這樣的學長你喔。」

語畢，最後仍然對著瑛太露出微笑。

5

中午過後的校內，沒有殘留多少畢業典禮的餘韻。先前因捨不得道別而留下的畢業生們，幾乎都已經離開，至於體育館裡，能聽見人們正在整理典禮時所使用的椅子而發出陣陣聲響。

此時，瑛太仍留在學校裡。

他坐在通往操場的階梯上，低頭盯著手機螢幕。

稍早之前，手機有收到ＬＩＮＥ的訊息，發送者是夏目美緒……

只是訊息並未顯示「已讀」，瑛太藉由置頂通知得知訊息的內容。

——若是收到這封訊息，記得來國中的後山一趟，我有話想對你說。

瑛太也有話想對美緒說。

有想要傳達的事情。

不過，瑛太在這裡還有事情尚未做出了斷。

背後傳來某人的腳步聲。聽似是腳後跟與地面磨擦的聲響。腳步的節奏，對瑛太來說十分熟悉。

「夏目在找你喔。」

回頭望去，陽斗就站在階梯的最上方。

「森川告訴我的。」

「我知道。」

不光是今天，自大學招考結束以來，甚至是放榜之後，瑛太一直以十分露骨的態度避著美緒，擺明是故意的。

瑛太也多次在LINE裡收到美緒傳來的聯絡，他全都以「現在不方便」、「明天有事要忙」這類曖昧的藉口，推辭與美緒見面。

「既然如此，你就別逃避啊。」

陽斗走下階梯。

「因為我還沒贏。」

瑛太站起身來，面向陽斗。陽斗聽不懂話中的含意，露出訝異的表情。因此，瑛太以更為明確的方式將話說出。

「因為我還沒有贏過陽斗你。」

陽斗起初一臉吃驚，為了確認瑛太的用意，他注視著瑛太的雙眼。瑛太不清楚是否有確實傳達出自己的意思，經過一段時間後，陽斗露出莫名開心的笑容。

「那麼，就來一決勝負吧。」

我是不會輸的——陽斗幹勁十足地跑向操場。

瑛太也緊追在那道背影的後面。

兩人前進的方向，是位於操場旁、收納著棒球社器具的倉庫，他們從中取出球棒、球還有棒球手套。

瑛太抬著裝滿球的籠子，準備走向投手丘，卻被陽斗從背後叫住了。

「瑛太。」

瑛太回頭望去，發現陽斗一臉認真地把球棒遞到他的面前。

「今天，由你擔任打擊。」

「為什麼？」

「你也來打一支全壘打吧。」

陽斗露出炯炯有神的目光，認真地看著瑛太，言語之中帶有挑釁的意味。

「……」

瑛太放下裝球的籃子，朝著陽斗跨出一步，把棒球手套塞到他的胸口上，並且收下球棒。瑛太緊抓著握柄，慢慢走向打擊區。

地面能看見手繪的本壘板與打擊區，縱使顯得很廉價，卻沒有一絲能讓人挑剔的地方。就讀國中時，瑛太經常與陽斗像這樣比賽，有時也是由瑛太擔任打擊手，陽斗則是投手。

瑛太確認著球棒的觸感，同時使盡全力空揮一次、兩次、三次。

準備好後，瑛太站上打擊區，以鞋底踢了踢地面使其穩固，接著確認沙礫是否太滑。他重複多次上述動作，直到令自己滿意後，瑛太深深呼出一口氣，舉起球棒擺出打擊姿勢。

映入眼中的，是站在投手丘上等待的陽斗。

「……」

「……」

兩人從頭到尾都沒有交談。

就算沒有裁判發號施令，彼此都明白對方已做好準備。陽斗大動作將手臂一揮，使盡全力投出一記直球。

瑛太以肉眼捕捉到投球的軌跡，全力揮棒。

「！」

結果揮棒落空。瑛太回頭看了一眼飛過手繪本壘板上方、滾落在身後的球，然後呼出一口氣調整氣息，接著握好球棒，再度擺出打擊姿勢。

陽斗使出相同的投球姿勢，再次扔出一記快速球。

路線幾乎落在好球帶的正中央。

瑛太抓準時機，揮動球棒。擊中球的觸感，化為震動傳入掌心。確實有擊中球的手感但出棒仍太慢了。擊出去的球，化成低空平飛球，快速飛過一壘的跑壘線，是一記界外球。

這下子已是兩好球，可說是無路可退。即使面臨如此絕境，瑛太卻沒有感到一絲焦慮，他專注地等待下一球。在集中精神的同時，內心深處卻有另一個冷靜的自己，放聲嘲笑著正在與人比賽的他。

在決定從福岡搬回這裡的當時，瑛太從未想像過眼前的狀況，原以為自己會過著平凡無奇的生活……

轉學到這裡的高中，只需耐心等待畢業即可。畢竟自己並沒有惹事生非，只是個不合時宜的轉學生，因此得避免引人注目……

當初他認為，等升上大學後再展開新生活。高中只是一個過程。不過，直到今天這段不足兩個月的時間，卻經歷了一段充實的生活。

與沒想到會再次見面的相馬陽斗重逢。

也與原以為不會再相遇、一直是自己暗戀對象的夏目美緒再次相逢。

瑛太起先認為自己會過著無趣的生活，卻在這麼短的時間裡，接觸到各式各樣的情感。拜此所賜，明明已有推甄錄取的大學，自己居然仍拚死進行考前複習，繳交志願表，拿壓歲錢去支付考試報名費，結果卻沒有錄取，落得如此丟人現眼的下場。

因為不甘心之前在以一個打席為條件的比賽中輸給陽斗，所以瑛太每天都去慢跑，重新鍛鍊身體。對於很早就已經放棄的棒球，現在卻像這樣全力以赴。此刻的瑛太，是真心想要戰勝陽斗。

對於這樣的自己，瑛太感到很可笑，也覺得很遜，甚至認為自己無藥可救，但是心中沒有一絲後悔，也稍稍喜歡上這樣的自己。因為每一件事，他都有卯足全力。現在也是以十分認真的態度，站上這個打擊區。

那天沒做到的事，那天沒說出口的事，沒打算去做的事，沒打算說出口的事，現在的自己，終於變得想去實現一切當初沒辦到的事情。

變得能以自己的方式，坦率面對自己的心。

想要戰勝陽斗。

想向美緒告白。

因此，瑛太打從心底很慶幸能回到這個地方。

在投手丘上抬起腳來的陽斗，高高地舉起手臂。

接著一鼓作氣擺動手臂，使出渾身解數投出一記快速直球。

球以偏高的角度切入好球帶，筆直地飛射過來，甚至能聽見物體高速穿過大氣的聲響。

瑛太要做的事情只有一件，就是順從自己的心情全力揮棒。他那握住球棒的雙手使出更多力氣，並將重心放在前腳，卯足全力揮動球棒。

下個瞬間，一股金屬碰撞到物體的清脆聲音，響徹整個世界。

瑛太的球棒逮住球的正中央，白球高高地攀向空中。

而且飛得很遠。

白球越飛越遠，猶如溶解在淺藍色的天際之間，無止盡地飛升而去。那是一記停不下來的高飛球，更是一記超長程的場外全壘打。

已經看不見球的去向。

瑛太茫然地呆立在當場，位於投手丘上的陽斗，似乎在大聲吶喊。定眼一瞧，原來他指著校門的方向，對著瑛太大吼說：「還不快去！」

去哪裡？

去找誰？

在瑛太想出答案之前，他已拋下球棒，賣力地向前狂奔。

奔向那位少女所在的地點。

6

輕軌列車從西南開往東北的方向，穿過了城鎮的中心。化成將某人帶來此地、同時將某人帶離此地的一道光。
以前，美緒有時會站在自己所讀國中的這座後山上，眺望這片街景。
這是她心儀的城鎮，是她心儀的場所。
所以，美緒才會發送LINE給泉瑛太，相約來這裡見面。而她，也決定在這裡傳達自己全部的心意。
明明現在已是三月，今日卻奇冷無比，寒風刺骨。
美緒用她那凍僵的手，壓住並且整理好被吹亂的頭髮。
她開啟手機，螢幕上顯示著LINE的畫面，裡面是發送給瑛太的訊息。
——若是收到這封訊息，記得來國中的後山一趟。我有話想對你說。
這則訊息並未顯示『已讀』，仍是保持未讀的狀態……
「他不打算過來嗎……」
就在美緒即將死心時，手機收到來電。
但是打來的並非那個人，而是早苗。
「喂喂～」
美緒將手機貼在耳朵上說著。

『啊、是美緒嗎?大家都到齊了,妳看。』

能夠從電話的另一頭,聽見班上同學們在卡拉OK裡狂歡的聲音。與其說是慶祝畢業,不如說是同學們有志一同地相約舉辦畢業派對。

『美緒妳也快來吧~』

話筒中傳來桃花興奮的聲音。

『等妳喔~』

這次是真由子。

「嗯。」

美緒簡短回應後,又補上一句「我晚點就過去」,便切斷通話。

國中後方的山丘上,只有美緒孤單一人。

看不到有人前來赴約的跡象。

美緒把駛來的下一班輕軌列車當作信號,轉身從昔日最喜歡的這個場所離去。

只留下一抹白色的氣息。

Chapter 8

Get set, go!

當瑛太走上湘南深澤站的月台時，一陣風颳過他的身體。

是一陣溫暖的春風，風勢卻有些強勁。

瑛太站在風中，感受到海洋的氣息，空氣中夾帶著些許海潮的香氣。

——今天是吹南風。

冒出上述想法的瑛太，像在尋找某人的身影似的，不自覺地在月台上四處觀望，但他並沒有與人約好在此見面……

現在是上午九點半，瑛太正準備前去參加大學的第二堂課。

已過了通勤通學時段的月台上，乘客三三兩兩。現場只有帶著年幼孩童來搭車的年輕母親、撐著枴杖坐在長椅上的老婆婆、一名穿著西裝的男子，以及身穿運動服，不知要去哪的大叔。

四處都不見瑛太下意識想尋找的女性身影。

接著他才驚覺到自己出現此反應的理由，在心中發出苦笑。

自那天起，瑛太總是重複著這樣的舉動。

自他從柏尾川高中畢業那天起，自那個時候開始……

無論是他前往住處附近的超商時、假日搭公車前往藤澤時、前往大學時，或是從大學返家時，總會抱有一絲期待，希望能巧遇住在此城鎮某處的那位女性。

那天……也就是畢業典禮結束後，瑛太始終未能見到夏目美緒。虧他在與陽斗以一個打席為條件的比賽中，成功擊出全壘打。當他趕往對方指定的地點……國中後方的山丘上時，已不見夏目美緒的身影。

想當然耳，瑛太立刻傳送ＬＩＮＥ訊息給美緒。

——抱歉，我來遲了，現在已經抵達了。

但是，不管瑛太等再久，訊息都沒有顯示「已讀」。

兩人自此再也沒有碰面，時間從三月進入四月。寒冬已遠去，溫暖的春天來臨，瑛太成為一名大學生。

他光是習慣新生活就已拚盡全力，隨波逐流地度過每一天。從他進入大學後，很快就要滿一個月了。目前已是四月底，黃金週即將到來。

不過，那天發送給美緒的ＬＩＮＥ，直到現在仍顯示著未讀。

「……」

瑛太今天也親眼確認這個事實，於是他發出一聲嘆息，將手機放入褲子的口袋裡，然後搭上駛入月台的輕軌列車。

從輕軌列車再轉乘電車前往大學，差不多需要花費一個小時。瑛太原先以為，自己不可能會習慣這樣的通學方式，但是直到接近四月底的現在，這已成了他全新的日常生活。

瑛太就讀的是上叡大學，是他當初推甄合格的大學。由於之後報考的翠山學院大學沒能考上，因此就算他如何痴心妄想，也無法就讀那間大學。

當車上有座位時，他就一邊補眠一邊前往大學；沒座位時，就玩手機打發時間，這樣的生活日復一日。

自畢業後，前往水族館的五人LINE群組，便不再出現新訊息。從四月起，每個人都展開各自的新生活。因此，瑛太認為沒消息就是好消息，大家在各自的生活中過得很好。

不過唯獨與陽斗直到現在仍經常互相聯絡。比方說，昨天就聽陽斗提起「當真一如森川所言，直到習慣工作之前，根本沒有餘力顧及其他事情」，也不知是工作真的很辛苦，還是他想曬恩愛。陽斗一如當初的宣言，現在似乎仍與葉月保持聯絡，數天前還提到「森川說暑假會回來這裡，到時就大家一起約出來見面吧」，但是瑛太給出的回應不太肯定，因此被陽斗叮嚀了一句「你可要在放暑假前搞定喔」。即便陽斗在話中並未提及是指「哪件事」，瑛太認為他是刻意沒說。而且就算他不提，瑛太也明白話中的含意，知道是指那位女性。

對瑛太而言，倘若可行的話，他也想解決與夏目美緒之間的事情。不需要拖到暑假，即使是此時此刻也行……但是，對方很明顯在迴避自己。

依照眼下的狀況，恐怕是美緒刻意避免讓訊息顯示『已讀』。

「瑛太。」

「嗨。」

抵達大學後，一名熟人向他搭話。此時所在的位置，是前往教室途中的學校餐廳前。

興高采烈飛奔過來的人，是瑛太在福岡就讀的高中裡，與他交情要好的朋友・中嶋。

雖然科系不同，但他是經由獨立招考順利上榜，自春天起搬來這裡居住。

「瑛太，聽說你那科的第二堂課停課，布告欄上有貼出告示。」

中嶋所指之處，就位於學校餐廳所在大樓的旁邊。不過，這種事無須特地前往布告欄確認，透過手機上的學生網頁即可知曉。

網頁裡確實寫著，瑛太選修的一般學科課程，由於開課的教授前去參加海外學術研討會，因此暫時停課。

說起這件事，瑛太也隱約想起，上週在課程結束後，教授有提過此事。

「算了，反正我下午也有課，無所謂啦。」

畢竟目前還是大一新生，課程算是挺密集的。

「我今天也得上到第四堂課，結束後要跟我去參加新生歡迎會嗎？聽說叫做漂鳥社。」

「不用了，我沒興趣。」

「你這個人還真無趣，要懂得享受大學生活啊。」

「你記得要節制點喔。」

「假如你改變心意，隨時可以聯絡我。」

中嶋依舊維持著當初見面時的好心情，留下一句「我去上課啦」，便揮手離去。

「找點事情來打發時間吧。」

既然這門課暫時停課，前往教室也無事可做。瑛太決定稍微去散個步，便獨自一人走在校園裡。

大學的佔地很廣，仍有許多瑛太從未進出過的設施。

瑛太不加思索前往的地點，是貫穿校園中央的櫻花步道。

由於今年的櫻花開得比較晚，現在都已是接近黃金週的時期，依然有一半的樹頭上還掛著櫻花。即使無風，仍有片片花瓣飄落。不自覺停下腳步的瑛太，取出手機替眼前的景色拍下一張照片。

落英繽紛的相片。

被擷取於鏡頭裡的風景，還算是挺有看頭的。

不過，瑛太卻感到悵然若失。

難得拍下的照片，沒有能一起欣賞的對象，他想與之分享的對象並不在身邊。

仍放不下心中思念的瑛太，開啟LINE的介面。

伸手點擊『美緒』的ID。

最後一則留言，仍停留在瑛太所輸入的訊息上，時間就這麼靜止在畢業典禮當天。

——抱歉，我來遲了，現在已經抵達了。

無論檢查再多遍，訊息仍未顯示『已讀』。

就算每天都點開來確認，狀態依舊是未讀。

直到這個瞬間，還是沒有出現變化。

恐怕在這之後，都不會變成『已讀』。

在瑛太冒出以上念頭的剎那間，LINE的畫面居然有所變化，該則訊息註記為『已讀』。

「!?」

瑛太震驚得發不出聲音，差點讓手機從手中滑落地上。他的心臟噗通噗通地劇烈跳動著，甚至令他感到隱隱發疼。

為何到現在才閱讀？

為何擱置這則訊息將近兩個月的時間？

為何那天……

對瑛太而言，有太多不知道以及想知道的事情。

但是思考再多也無濟於事，現在需要的是展開行動。瑛太緊張地用指頭操控手機，輸入一則新訊息。

——妳在大學過得如何？

瑛太早已得知美緒考上第一志願的事。於放榜當天，美緒在ＬＩＮＥ群組裡公布了這件事。大家紛紛向她道賀，瑛太也傳送『恭喜』的貼圖。

「……」

在即將觸摸到發送鍵時，指尖卻停了下來。

這則訊息，或許又再一次不會顯示『已讀』，又再一次得不到回應。心底萌生怯懦之情，令瑛太一度很猶豫是否要發送訊息。

接著瑛太笑噴出聲，將這股想法拋諸腦後，按下發送鍵。

訊息隨即顯示『已讀』，並且收到了回覆。

——很開心呀，你呢？

瑛太將剛才拍下的櫻花照片，上傳至兩人私訊的畫面裡，然後補上『一般般的大學生活』以上訊息。

——看你的樣子，好像真是如此呢。

看完美緒的回覆，瑛太的腦中閃過「看你的樣子」這句話，究竟是什麼意思？

LINE的畫面裡，顯示出另一張照片。

照片中的景色似曾相識，在一半櫻花都已凋謝的櫻花步道中，樹下有一名稍微駝背、背對著鏡頭的男大學生。

那名大學生，扛著與瑛太一樣的背包，穿著與瑛太一樣的服裝。這也是理所當然，因為照片中的男子，就是瑛太本人。

心懷訝異與確信的瑛太，慢慢地扭頭看去。

她，就站在身後大約十步的距離。

露出一臉像是惡作劇得逞的笑容。

「我並不是為了追上你，才來就讀這間大學，是因為這裡的教育系比較有名吧？」

瑛太並沒有提問，美緒就自行開口，語調欣喜地解釋著。

心中有許多想說的事情。

心中有許多想聊的事情。

心中應當有許多想問的事情。

但在親眼見到美緒後，瑛太的心中，只剩下想要傳達的事情。

在當天未能說出口的那句話，在當天想要傳達的思念……

「夏目，我喜歡妳。」

一陣風颳過櫻花步道。偏強的風勢，讓片片櫻花飛舞於空中，灑落在兩人的身上。

「我也一樣，對你——」

站在落英繽紛的風中，美緒像是心頭小鹿亂撞似地靦腆一笑。

國家圖書館出版品預行編目資料

Just Because! / 鴨志田一作；李逸凡譯. -- 一版. --
臺北市：臺灣角川，2019.01
面；　公分. --（角川輕.文學）

譯自：Just Because!
ISBN 978-957-564-719-3(平裝)

861.57　　107020667

輕文學 Light Literature

Just Because！

原著名＊Just Because！

作　　者＊鴨志田一
人物原案＊比村奇石
譯　　者＊李逸凡

2019年1月19日　初版第1刷發行
2024年7月5日　初版第10刷發行

發 行 人＊台灣角川股份有限公司
總　　監＊呂慧君
總 編 輯＊蔡佩芬
主　　編＊李維莉
設計指導＊陳晞叡
美術設計＊吳佳昀
印　　務＊李明修（主任）、張加恩（主任）、張凱棋、潘尚琪

台灣角川

發 行 所＊台灣角川股份有限公司
地　　址＊104台北市中山區松江路223號3樓
電　　話＊（02）2515-3000
傳　　真＊（02）2515-0033
網　　址＊www.kadokawa.com.tw
劃撥帳戶＊台灣角川股份有限公司
劃撥帳號＊19487412
法律顧問＊有澤法律事務所
製　　版＊尚騰印刷事業有限公司
I S B N＊978-957-564-719-3